바다로 퇴근하겠습니다

좋아하는 것을
안다는 행운

바다로 퇴근하겠습니다

미아 Mia 지음

생각정원

태양은 만인의 것,
바다는 즐기는 자의 것

- 정유정, 『종의 기원』 작가의 말 중에서

들어가며

서핑은 나를 구원해주지 않았다

아침이면 눈을 떠 파도 차트를 확인한다. 지난주 암초에 긁힌 상처에는 정원에서 따온 알로에를 덧바른다. 이윽고 서프메이트로부터 문자가 온다. "Ready to Roll?" 두 장의 보드를 싣고 파도를 타러 나간다. 젤리피시에 쏘이고 거친 파도에 휩쓸려 다친 몸뚱이는 만신창이지만, 아무래도 상관없다. 파도만 잡을 수 있다면야.

하고 싶은 '일'을 '꿈'이라 설정하고 그 꿈만 이루면 행복해질 거라 믿었던 시절이 있었다. 내 꿈은 카피라이터였다. 카피라이터가 되기 위해 전공을 바꾸고, 광고 동아리에 들어가 동기들과 함께 공부하고, 대외활동에도 꽤 부지런히 참여했다. 그런 끝에 감사하게도 카피라이터라는 직함이 적힌 명함을 손에 쥘 수 있었다.

그러나 그토록 바라던 카피라이터가 된 후 나는 그리

행복하지 않았다. 꿈을 이룬 이후의 삶에 대해서는 아무도 알려준 적 없었고, 스스로 멀리 내다보기엔 내가 너무 근시안적인 인간이었다. 하고 싶었던 일이고 노력도 했으니 잘할 수 있을 줄 알았는데, 현실은 마음처럼 따라주지 않았고 나는 미숙한 나를 기다려주지 못했다. 그렇게 모두가 부러워하는 직장에서 꿈꿔온 일을 하던 때, 나는 인생 최고치의 불안과 우울을 겪었다.

이 책은 우울증을 앓던 직장인이 서핑을 만나 구원을 받는 드라마틱한 이야기는 아니다. 나는 병원을 방문해 전문적인 치료를 받았다. 다만 마음의 감기가 조금씩 나아지면서 느낀 것은 인생에는 나를 행복하게 만들어줄 '무언가'가 필요하다는 것이었다.

우울했던 시기는 사람들이 소위 '취미'라고 말하는, 내가 빠져들 만한 무언가를 절실히 찾게 만들었다. 먼지 쌓인 기타를 다시 꺼냈고, 어렸을 적 좋아했던 만화를 그려 보기도 했다. 보컬 레슨을 신청해 돼지 멱따는 소리로 "Let it go"를 처절하게 불러댔다. 자전거 타기, 러닝 등 운동도 해가며 무엇이 나를 행복하게 하는지 실험했다. 말이 실험이지, 사실은 하루하루의 발버둥에 다름없었다. 그러던 중 우연히 친구를 따라간 양양에서 서핑을 만났다. 결코 멋있어 보였을 리 없는 첫 서핑을 하면서 드디어 내가 찾던 무언가에 가까워졌다는 느낌을 받았다. 첫 레슨을 받고 돌아오던 차 안에서, 나는 파도를 타는 꿈을 꾸었다.

서핑은 나를 잊게 했다. 보드에 앉아 언제 올지 모르는 파도를 기다리는 시간, 다가오는 파도를 잡겠다고 팔이 떨어져나갈 듯 패들을 하는 일, 잡은 파도를 놓치지 않도록 보드 위에서 중심을 잡으며 라이딩하는 순간, 이 모든 과정은 매 순간 최고의 '집중력'을 요구했다. 숨 막히는 '몰

입감'은 자연스럽게 따라온다. 순간을 사는 서퍼에겐 오지 않은 일을 걱정하고 불안해할 여유가 없다. 서핑은 불안과 초조로 좀먹어가던 나를 '지금'에 붙들어놓았다. 나는 그 매력에 빠져들었다.

그리고 서핑은 나를 알게 했다. 계속되는 야근과 주말 출근 속에서도 숨 쉬겠다고, 살아보겠다고 양양으로, 바다로 퇴근했다. 그것으로도 모자라 멀쩡히 다니던 회사를 때려치우고 호주로 '때늦은 워킹홀리데이'를 떠났다. 이 모든 일을 겪는 동안 그 무엇보다 '나'에 대해 알게 되었다. 서핑은 내 세계를 열었다. 회색빛이었던 삶에 알록달록 색을 칠했다. 그래서 바다로 퇴근한다는 건 내게 나 자신과 행복을 고민하는 일이다. 현재를 산다는 의미다.

그래도 내가 글을 쓰다니. 책을 내다니. 지금도 얼굴이 화끈거린다. 부끄러워 돌아버리겠다. 나는 (물론 아무도 그렇게 생각 안 하겠지만) 대단한 인간이 아니다. 오히려 평균보다 조금 더 찌질하고 소심한 것 같고 불완전하기 짝이 없다. 게다가 제멋대로다. 하고 싶은 일은 꼭 해야만 직성이 풀린다. 어쩌면 그 덕에 이 책이 나오게 된 것 같다. 감사하게 주어진 이 기회를 두꺼운 낯짝으로 밀어붙여보기로 했다.

이 책은 '도전도 성공도 실패도 없는, 어느 쾌락주의자의 성장기'쯤이 되지 않을까 싶다. 아니, '성장'이라는 단어도 빼야 할 것 같다. 애초에 파도를 타는 데 목적 따윈 없었을뿐더러, 내가 추구하는 바를 성장이라 하기에도 좀 민망한 탓이다. 굳이 말하자면 '서핑에 미친 어느 쾌락주의자가 행복을 발견해가는 과정'이라 해야 하나.

엄마는 그랬다. 좋아하는 일만 하며 살 수는 없다고. 내 생각은 이렇다. 한 번뿐인 인생에서 할 수 있다면 최대한 좋아하는 일들만 하며 살아가고 싶다고. 물론 그 과정이 마냥 아름답지만은 않다. “행복을 알기 위해 불행을 연구한다”는 서울대학교 행복연구센터 최인철 센터장님의 말씀처럼, 행복을 추구하는 내 인생은 때때로 찌질하고, 자주 불안하다. 그럼에도 좋으니까, 불안이 곧 불행은 아니니까, 일단은 계속 해보려 한다. 내 불안과 행복의 기록인 이 책이 누군가에게는 조금이나마 의미 있는 질문들로 다가갈 수 있기를 바란다.

조금씩 선선해지기 시작하는 5월 호주 누사에서
미아 이미진

차례

PART 4 라이드 : '행복'이라는 단어에 가두기엔 너무 경이로운

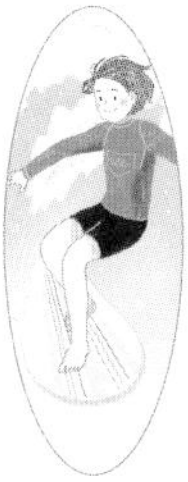

PART 5 컷백 : 돌아오다, 돌아보다

바다로 퇴근하겠습니다, 그 후: 다른 파도를 향해

PART 1

패들 아웃

큰 파도를 넘어서다

Paddle Out

살다 보면 절대 내 힘으로는 못 이겨낼 것 같은 순간들이 찾아오기도 한다. 서핑을 할 때도 그렇다. 라인업으로 나가기 위해 서퍼는 눈앞에 다가오는 파도를 넘어서야 한다. 이를 '패들 아웃'이라 한다. 작은 파도는 보드에 하중을 실어 밀어붙이거나 파도가 몸과 보드 사이로 지나갈 수 있게 공간을 만드는 식으로 넘어갈 수 있다. 그러다 크고 거친 파도를 만나면 서퍼는 몸을 돌려 보드 뒤로 숨거나, 바닷속으로 숨어 파도가 지나갈 때를 기다린다. 큰 파도를 제대로 피하지 못하면, 거친 물살에 속절없이 해변으로 밀려나버리기 때문이다. 모든 것에 맞서는 대신 가끔은 제대로 피하고 넘어갈 줄 알아야 한다. 극복하지 못한 상처가 있다고 해서 실패한 삶은 아니니까.

전부라고 믿었던 세상이

무너졌을 때,

그제야 깨달았다.

내가 만들 수 있는,

만들어내야 하는 것들.

꿈꾸던 직업, 꿈꾸던 직장

그토록 바라던 카피라이터가 되었다

"그렇다면 광고와 열렬히 연애하겠습니다."

문장을 타이핑하는 지금 손가락과 시공간이 오그라들지만, 2012년 5월 모 광고회사 하계 인턴 면접에서 "야근과 주말출근으로 남자친구도 못 만나면 어떻게 할 건가요?"라는 마지막 질문을 받은 나는 저렇게 답했다.

내 꿈은 광고회사에 들어가는 것이었다. 당시 이를테면 로망의 직장이었던 광고회사에, 그것도 카피라이터로 입사하기란 낙타가 바늘구멍을 뚫고 나오는 거나 마찬가지라고 모두가 입을 모아 말했다. 게다가 이미 한 번 면접에서 낙방한 적이 있었기에, 저 날은 '되면 좋고, 아님 말고'의 태도였다. 그러고 나와 다리에 힘이 풀리긴 했지만.

저 답변 덕분인지는 몰라도, 나는 운 좋게 하계 인턴에 최종 합격했고 말 그대로 아침 여덟 시에 출근해서 다음 날 아침 여섯 시에 퇴근하는 '영광'을 누릴 수 있었다.

그래도 그때는 모든 것이 좋았다. 사내 카페에 모여 앉아 아이디어 회의를 하거나, 진한 아메리카노를 마시며 카피를 쓰는 선배들은 '내가 꿈꾸던 광고인의 삶'을 사는 것처럼 보였다.

내가 배치된 팀은 유독 야근이 많기로 유명했다. 팀장님을 포함한 팀 선배들은 모두 남자였는데, 일주일 중 집에 가는 날이 며칠 안 되어 회사 앞 뱅뱅에서 갈아입을 옷을 사고는 했다. 회사에서 밤을 지새운 선배들을 위해 아침 대용 샌드위치를 포장해 나르면서도, 꿈꾸던 일을 한다는 사실이 마냥 좋았다. 그곳의 일원이 되고 싶었다.

누구보다 일찍 출근하고 누구보다 늦게 퇴근했다. 내가 쓴 카피를 한 줄이라도 더 보여주고 싶어 대리님과 부장님을 달달 볶았다. 팀장님 앞에서도 늘 '마지막 기회'라는 생각으로, 떨리는 목소리였지만 우렁차게 내 아이디어를 발표했다. 그렇게 5주간의 인턴생활이 끝나고 최종 발표를 거쳐, 나는 인턴 카피라이터 여섯 명 중 유일하게 공채로 입사했다.

그때부터였다.

자존감이 끝도 없이 떨어지기 시작한 것은.

광고회사답게 모든 것은 경쟁이었다. 한 달간의 신입 연수 때부터 우리는 살아남기를 배웠다. 동기들은 하나같이 특별해 보였다. 명문대 졸업생에 유학생은 물론, 방송작가, PD, 유명 광고대행사 인턴 출신 등등. 2~3만 원대에 달하는 브런치를 먹으러 다닌다는 이야기를 들으면 나와는 다른 세상에서 온, 인생에 그림자 따윈 없는 사람들이란 생각이 들었다.

팀 선배들도 마찬가지였다. 함께 밥을 먹고 커피를 마시면 대화 주제는 대부분 명품 브랜드 혹은 아티스트에 대한 이야기로 흘렀다. "그게 뭐예요?" 하고 묻고 싶었지만, 광고 한다는 애가 그런 것도 모르냐는 핀잔을 들을까 봐 메모장에 적어두었다가 따로 검색해보곤 했다.

특출해 보이는 동료들 사이에서 나는 주로 '술 잘 먹는 여자 카피'로 통했다. 물론 그때도 지금도 술을 무척 좋아하긴 하지만, 그래서만은 아니었다. 돈도 없고 특별한 재능이나 경력도 없던 나는 그저 미친 듯이 술을 먹었고, 그렇게라도 돋보이고 싶었던 것 같다.

“강남 8학군에 전학 온, 시골 분교 촌뜨기 같아.”

우리는 빙수를 먹던 숟가락을 부딪치며 유레카를 외쳤다. 나보다 사회생활을 일찍 시작한 E는 사회 초년생이면 자연스럽게 겪는 일이라며, 문제는 우리가 ‘남의 시선’을 지나치게 의식하는 데 있다고 했다. 당시 E와의 대화를 끝내고 집에 돌아와 정립한 스트레스 및 불안에 관한 이론은 다음과 같다.

1단계 - 인식
내가 가진 모든 스트레스의 근원은 남들의 시선이 중요하다고 ‘인식’하는 데서 온다.
2단계 - 행동
남들의 시선이 중요하다고 인식하고, 그에 끼워 맞춰 ‘행동’하는 데서 2차 스트레스가 발생한다.
3단계 - 결과
이러한 노력으로 보이고 싶은 모습과 실제 내 모습이 딱 들어맞으면 너무나 좋겠지만, 그럴 수는 없는 ‘결과’로 인해 마지막 3차 스트레스가 발생한다.

나름 체계적이고 객관적으로 분석했다고 흡족해하며,

비공개 블로그에 올려두었다. 좋아. 내일부터는 실전에 응용해보는 거야. 다음 날, 어깨를 펴고 크게 심호흡을 하며 출근한 사무실에서는 내가 몰랐던 감독의 영화 이야기가 한창이었다. 나는 대체 대학 5년 다니는 동안 그런 영화도 안 보고 뭐 한 거지?

앨리스가 탁자에 있던 물약을 원샷 때리고 작아지던가, 이렇게 한없이?

프리미엄 광고인의 낮과 밤

어느 날 시작된 이상증세

광고회사에서 돌아가는 일련의 업무는 다음과 같다. 첫째, 기획팀이 클라이언트(광고주)에 맞는 캠페인의 전략을 기획하고 제작팀에 전달한다. 둘째, 제작팀이 전달받은 방향을 바탕으로 광고 아이디어를 제작한다. 셋째, 완성된 아이디어를 클라이언트에게 전달한다. 넷째, 수정한다. 다섯째, 수정한다. 여섯째, 계속 수정한다.

영어 한마디 못하는 내가 배치된 팀은 글로벌 광고 캠페인을 주로 담당하는 제작팀이었다. 해외 감독과 협업하고 해외 촬영도 많아 사내에서 '럭셔리 팀'으로 불리는 곳이었다. '프리미엄', '럭셔리' 같은 카피를 쓰고는 있었지만 정작 나는 '시골 쥐'에 가까웠다.

첫 회의는 해외에 있는 감독과 진행하는 컨퍼런스 콜(원격 회의)이었다. 20분짜리 영어 듣기평가가 끝없이 반복되는 느낌이었다. 회의가 끝나자 정신이 혼미했다. 그렇게 사원 1년 차, 본격 쭈그리 생활이 시작되었다.

당시 나에게는 '시골 쥐 콤플렉스' 말고 또 다른 콤플렉스가 하나 더 있었다. 신입 공채라는 신분이 만들어준 '엘리트 콤플렉스'였다. 어디나 그렇긴 하지만, 경력직을 선호하는 업계에 회사생활이라곤 해본 적도 없는 내가 신입으로 입사했으니, 뭐가 달라도 달라야 한다는 생각이었다.

카피라이터는 5년 차까지 식충이라고 부장님은 말했다. 신입사원에게는 큰 기대 안 한다고 팀장님도 말했다. 그런데도 이놈의 콤플렉스는 언제 어디서든 튀어나와, 잘해야 한다는 압박감으로 나를 좀먹었다(그럴수록 못했다는 게 함정). "어디 공채 아이디어 좀 볼까?" 회의 시간 툭 던진 선배의 농담에도 나는 매실처럼 쪼그라들었다. "네 동기 누구누구가 잘한다더라" 하는 소리가 들려오면 초조하고 불안해 입이 바짝 말랐다. 게다가 사회생활은 또 어찌나 어렵던지. 또각또각 멀리서 차장님이 다가오는 소리만 들리면, 심장이 쿵쾅대는 소리가 내 귀에까지 들렸다.

'사회생활'이 으레 그렇듯 집단 내에는 특유의 분위기라는 것이 있었고 그 안에서 신입은 약자가 되기 쉬웠다. 나는 팀 평균 연령보다 열 살은 어린 막내였고, 한껏 긴장해 있었으며, 티 내지 않으려고 애쓰는 티가 났을지언정 겉으로는 늘 밝고 씩씩했다. 선배들의 애정과 장난기 섞인 농담들을 대부분 웃으며 넘겼지만, 때로는 그것이 버거웠고 그런 심리 상태는 조금씩 이상증세로 나타나기 시작했다.

점심식사로 국물이라도 먹는 날이면, 숟가락을 쥔 손이 덜덜 떨렸다. 이런 증상은 한번 의식하기 시작하자 점점 더 심해졌다. 어떤 날은 젓가락으로 건더기만 집어 먹었고 어떤 날은 요령껏 밥그릇을 가까이 대고 국물을 떠 옮겼다(휴). 혼자 먹으면 되지 않나 생각하기 쉽지만, 메뉴를 선정해야 하는 막내가 혼자 밥을 먹겠다고 말하기 위해서는 이유와 설명이 필요했다.

첫 사회생활이라 긴장해서 그래. 스스로를 열심히 다독여보았지만, 이상하게도 불안증세는 좀처럼 가라앉지 않았다. 어느 날부턴가는 사람들을 마주칠 일이 두려워 엘리베이터를 타는 대신 16층까지 계단을 걸어 올라갔다. 매일 웃고 있었지만, 매 순간 살얼음판을 걷는 기분이었다.

"좋아하는 일 해서 부럽다"는 친구들에게, "대기업 가서 좋겠다"는 동기들에게, 이런 속마음을 털어놓긴 쉽지 않았다. 힘들고 지쳐 보이는 친구들의 이야기를 들어주며 나는 차마 "힘들다"는 말을 꺼낼 수가 없었다. 아니, 정확히 말하면 힘든 줄도 몰랐다. 좋아하는 일을 하는 것도 맞고 대기업에 다니는 것도 맞으니 남들보단 덜 힘들 거라고, 나의 힘듦은 힘든 축에 끼지 못한다고 생각했다.

더 깊은 우울로 빠져들지 않도록 돕기라도 하려는지, 일은 쉴 틈 없이 들어왔다. 그해 여름, '프리미엄 광고인'의 삶은 밤낮없이 빛났다. 새로 론칭하는 제품의 브랜드 광고 프로젝트가 한창 진행 중이었는데, 놀랍게도 출시가 얼마 남지 않은 제품의 콘셉트 및 방향은 매번 바뀌었고, 매일 바뀌는 콘셉트에 맞춰 매일 새로운 아이디어를 까야 했다(회의 시간에 자기 아이디어를 발표하는 것을 '깐다'고 한다). 뜨거운 여름의 한가운데에서, 나는 결국 아무것도 할 수 없는 탈진 상태가 되어버렸다. 아슬아슬하게 가을이 지났고, 유난히도 혹독한 겨울이 왔다.

Let it go

이것 또한 지나가줘라 제발

그해 12월, 대학생활의 대부분을 함께한 S와 헤어졌다.

스물두 살, 전과를 했던 학과의 엠티 자리에서 처음 인사를 나눈 우리는 그 후로 5년을 만났다. 졸업 후 각자 다른 환경에서 살아가다 보면 어느 순간 서로를 이해하지 못해 헤어지게 된다는 이야기는 많이 들었지만 우리 얘기는 아니라고 생각했다.

우리는 같은 수업을 듣고, 함께 과제를 하고, 밥을 먹고, 술을 마셨다. 24시간을 함께 있어도 지루하지 않은 사람이었다. 내게 가장 잘 맞는 사람은 이 사람인 것 같았고 이 사람에게 가장 잘 맞는 사람도 나라고 의심 없이 믿었다.

그러나 언제부턴가 우리는 서로 다른 언어를 쓰는 사람들 같았다. 영화 〈비긴 어게인〉 속 키라 나이틀리의 대사처럼, '내가 5년 동안 만난 사람은 누굴까'라는 생각이 들었다. 그도 마찬가지였으리라.

당시 나는 관계라는 것이 '탄생과 소멸의 과정을 거치는 일종의 생명체'라고 느끼고 있었다. 그런 측면에서 봤을 때, 우리의 관계란 마치 소생의 가능성이 없는 삶을 무리한 치료로 연명하고 있는 것과 같았다. 머지않아 끝날 관계임을 직감하고는 있었지만 입속에서 말을 꺼내 관계의 호흡기를 떼는 것은 생각보다 더 어려운 일이었다. 마침내 그 말을 꺼내자 5년이라는 시간이 흩날리는 눈발처럼 그대로 사라졌다고, 그날은 생각했다.

이별의 후폭풍은 정확히 한 달 뒤부터 시작되었다. 나를 붙잡으려고 애썼던 그 사람에게 비수처럼 내리꽂았던 말들은 화살이 되어 나에게로 돌아왔다. 잠시 다른 사람을 만났는데 알고 보니 쓰레기였고(누구나 인생에 한 번쯤은 똥을 밟는다고 한다), 그럴수록 함께 보낸 5년의 시간이 생생하게 떠올랐다. 손톱처럼 똑 떨어져나갈 줄 알았던 관계는 생살을 잘라낸 느낌이었고, 5년간의 그를 떼어내는 줄 알았던 과정은 5년간의 나를 떼어내는 과정과 같았다. 관계에도 애도의 기간이 필요하다는 것을 그때 처음 깨달았다.

그와 함께했던 시간을 베어내자 나를 지탱하던 줄도 툭 끊어져버렸다. 평일이면 멍하니 모니터 앞에 앉아 있다가, 주말이면 무엇을 해야 할지 모르는 공황 상태에 빠졌다. 매일 술에 절어 살았음은 말할 것도 없다. 뭐라도 해야 할 것 같아 한 달에 44만 원짜리 필라테스를 등록했다. 먼지 쌓인 기타를 다시 꺼내서 쳐보고, 어렸을 적 좋아했던 만화를 그려보기도 했다. 보컬 레슨을 신청해 돼지 멱따는 소리로 "Let it go"를 처절하게 불러댔다. 이 시간이 제발 지나가기를 바라며.

그러나 모두 그때뿐이었다. 집에 돌아오면 또다시 혼자였고, 혼자 견디는 방법을 몰랐던 나는 그 시간이 몸서리치도록 싫었다. 그를 떠나보낸 나를 원망하고 떠난 그를 원망하고 혼자 있지 못하는 나를 다시 원망하고, 무엇보다 이렇게 되어버린 모든 상황을 원망했다. 알지도 못하는 새 창밖에는 겨울이 가고 얼음이 녹는 계절이 왔지만, 시간을 잃은 내 계절은 차가운 겨울에 갇혀 흘러가지 못했다.

텅 빈 나날들

살기 위한 시도와 실패

우울의 어느 중간에 동그란 어항을 들여다보는 시간이 끼어들었다. 작은 모래알 같은 먹이를 손가락으로 집어 뿌려주면 눈앞에 노란색, 파란색 비단결이 흘러갔다 흘러왔다.

내 고단한 회사생활 얘기를 듣고 대번에 남의 시선을 지나치게 의식하는 게 문제라고 진단해주었던 E는 이번에도 역시 옳았다.

그녀는 내가 나부터 사랑할 수 있어야 하고, 사랑을 주는 방법을 배워야 한다며, 살아 있는 생명체를 키워볼 것을 제안했다. 강아지나 고양이 같은 반려동물은 어떠냐고 물었는데, 어린 시절 강아지를 하루 맡아줬다가 가족 모두 멈추지 않는 콧물과 재채기에 시달렸던 경험에 비추어 볼 때 기관지가 약하고 알레르기가 심한 우리 가족에게는 무리였다. 그래도 동물에게 사랑을 주는 법을 배울 수 있다는 제안은 일리가 있는 듯했다. 나는 며칠을 고민한 끝에, 물고기를 키워보면 좋겠다는 생각이 들었다. 물고기는 알레르기를 유발하지도 않고, 제때 먹이를 주고 가끔 물을 갈아주는 일이라면 나도 충분히 할 수 있을 것 같았기 때문이다.

용산에 있는 수족관에 가서 옐로탱, 블루탱을 포함한 총 네 마리의 열대어와 어항을 안고 집에 왔다. 직원분께 배워온 대로 어항에 모래와 하루 전에 받아두었던 물을 채우고 아이들을 풀어주었다. 노랑, 파랑, 주황, 분홍빛의 아이들에게 각각 퇴근, 연차, 주말, 연휴라는 이름을 붙였다. 아침에 한 번, 퇴근하고 한 번씩 잊지 않고 먹이도 챙겼다.

살아 있는 생명을 '키우고 있다는', 신경 쓰이는 생명체를 곁에 둔다는 것은 신기한 경험이었다. 온통 나와 내 상황에 집중되었던 마음을 나눌 존재가 생기자 우울의 무게도 약간은 가벼워졌다. 멍하니 천장을 보며 누워 있다가도 때가 되면 물고기들의 먹이를 챙겨주어야 했고 그 시간 동안에는 일어나서 움직일 수 있었다. 뻐끔뻐끔 먹이를 받아먹는 모습에 자연스레 미소가 지어졌다. 물속에서 유유히 노니는 아이들을 보는 것만으로도 마음에 안정이 찾아오는 것만 같았다.

일주일 뒤, 주말이 먼저 죽었다. "환경이 바뀌어 스트레스 받거나, 자기네들끼리 왕따 시켜서 한두 마리 정도 죽을 수도 있어요"라던 직원분의 말과는 달리, 하루 간격으로 연휴, 연차, 퇴근이도 그 뒤를 따랐다. 어항을 비우며 아이들에게 미안한 마음과 동시에 나는 작은 생명조차도 책임질 수 없는 인간이란 생각에 눈물이 흘렀다.

조그만 아이들이 주던 위안은 생각보다 컸다. 새로운 습관이 형성되려면 2주가 걸린다는데, 이 아이들은 고작 일주일 만에 내게 어항을 들여다보는 습관, 먹이 줄 시간을 챙기는 습관을 만들어주었다. 나는 어항이 있던 자리를 지나치며 채워지지 않은 마음에서 다시 네 존재를 비워내야 했다.

텅 빈 나날들이 계속되었다. 내 안에 있던 알맹이가 훅 하고 빠져나가며, 모든 의욕을 함께 가져가버린 것 같았다. 아무것도 하기 싫었고, 어떤 것도 할 수 없었다. 아침에 힘겹게 눈을 뜨면 씻을 의욕도 없어 씻는 둥 마는 둥 하고 출근을 했다. '민폐'라는 소리를 들으면서도 화장을 할 마음이 생기지 않았다. 점심시간에는 식사를 마다하고 수면실에 누워 있었다(광고회사에는 수면실이 있다. 시설이 좋다고는 하나, 회사에 수면실이 있는 이유를 생각해보면 결코 좋을 리 없다). 회의 시간에도 멍하니, 말 그대로 넋이 나간 채로 있다가, 갑자기 눈물이 쏟아져 옥상에 올라가 엉엉 울었다.

친구들의 조언대로 햇볕을 많이 쬐고, 운동을 하려고 했다. 그런데 이상하리만치 아무런 의욕이 생기지 않았다. '이대로는 내 인생이 무너져버릴 것 같아.' 초조함마저 내 뒤를 바싹 쫓았다.

마음의 감기

우울증, 누구에게나 찾아올 수 있는

"안녕하세요, 교수님. 저는 〈뇌과학의 이해〉 수업을 들었던 07학번 학생입니다. 갑작스럽게 메일을 드리게 되어 죄송합니다만, 혹시라도 도움을 받을 수 있을지 여쭙고 싶습니다…."

우울이란 상태는 늪과 같았다. 벗어나려고 발버둥을 치면 칠수록, 부정적인 생각은 팔다리를 물고 늘어져 나를 파묻었다. 나를 끌어올려줄 두 손이 필요하다는 생각이 들었다. 혼자서 이 늪을 빠져나갈 수 없다면 누구의 손이라도 잡아야 했다. 무작정 대학 시절 교양으로 들었던 뇌과학 수업 교수님께 메일을 보냈다. 원격으로 듣는 재택

강의라 교수님을 실제로 뵈었던 건 중간, 기말 시험을 포함해 모두 서너 번. 학점도 당당하게 C를 받았던 수업이었다. 그럼에도 염치 불고하고, 나와 내 상태에 대해 상세히 적었다. '뇌과학 교수님'이라는 이유만으로 나에게 도움을 줄지 모른다는 생각이 들었다. 다행히 교수님은 인자한 분이셨고, 감사하게도 내가 도움을 받을 수 있는 병원을 알려주셨다 .

처음 보는 담당 의사 선생님은 푸근한 인상이었다. '신경정신과'에 방문했다는 사실이 여전히 믿기지 않고 두렵기만 했던 나를, 박사님은 자상한 미소로 맞이해주었다.

"어떤 일로 오셨죠?"

"… 의욕이 없어요. 먹을 의욕도, 일을 할 의욕도, 심지어 씻을 의욕도 잘 안 생겨요."

"왜 그렇게 되었을까요?"

"모르겠어요. 저는 성격이 꽤 유쾌한 편이었는데, 회사를 다니면서 조금 바뀐 것 같아요. 좋아해서 시작한 일인데, 잘해야 한다는 압박이 너무 커져서 작년 내내 힘이 들었어요. 회사에 있으면 늘 불안한 느낌이 들고, 사람들을 피하게 돼요. 12월에 남자친구와 헤어졌는데, 그 이후로 더 심해진 것 같아요. 제 모든 게 빠져나간 느낌이에요. 혼자서는 아무것도 못할 것 같아 두려워요. 이런 생각이 사회생활에까지 영향을 미치는 것 같아요."

"남자친구와 헤어졌는데 왜 본인의 모든 게 빠져나간 느낌이 들었을까요?"

"중학생 때부터 늘 남자친구를 사귀었어요. 없으면 불안했던 것 같아요. 아버지의 부재를 남자친구들을 통해 채우려 해왔던 것 같아요."

"잘해야 한다는 압박감은 어디서 생겼다고 생각해요?"

"늘 사람들의 기대를 충족시키지 못하고 있다는 생각이 들어요. 뭘 해도 부족한 것 같아요. 강박적으로 최선을 다하려고 하는데, 마음만큼 잘 되지 않아서 힘들어요."

이야기를 하는 중간부터 왈칵 눈물이 터졌다. 꺽꺽 울음을 삼키고 또 쏟으며, 어린 시절 부모님이 이혼했고 어머니는 늘 바쁘고 힘든 상태였으며 곁에 없는 아버지의 역할을 남자친구들에게서 찾았던 것 같다고, 앓고 있었던 속마음을 털어냈다.

진료실은 놀라운 곳이었다. 무슨 이야기든 해도 괜찮

은 곳이라는 생각이 들자 방어막이 녹아내렸고 나는 그날 처음 만난 박사님께 가족에게도 못한 이야기를 해버렸다. 나보다 더 힘들 게 분명한, 사랑하는 엄마에게는 차마 하지 못했던 말, 하지만 누군가는 들어주길 바랐던 말들이 내 안에서 흘러나왔다. 언제 이렇게 언어로 정리했는지도 모를 감정을 눈물과 함께 쏟아내고 나니 문득 시원하기까지 했다.

묵묵히 이야기를 들어준 뒤, 박사님이 말을 꺼냈다.

"힘이 든 거예요. 많이 지쳤나봐요."

"우울증… 인가요?"

박사님은 내 양쪽 팔목을 살펴보더니(자해 여부를 확인하려고 했던 것 같다), 우울증이 맞는 것 같다고 했다. 인터넷에 우울증 증세를 검색해보며 어쩌면 내가 우울증에 걸렸을지도 모르겠다고 생각했었다. 그런데 막상 박사님께 우울증이 맞는 것 같다는 이야기를 듣자, 갑자기 너무 무서웠다. 예상했던 매라도 직접 맞으면 아픈 것처럼.

나는 어쩌다 이렇게 된 것일까. 그리고 어떻게 되는 것일까. 낫지 않으면 어떡하지. 평생 이렇게 살아가야 하나. 온갖 생각들로 머릿속이 복잡해졌다. 잔뜩 겁을 먹은 나에게 박사님은 괜찮다며, 누구나 몸이 아플 수 있듯 마음도 아플 수 있는 것이라고, 마치 감기처럼 오는 것이라 했다. 두려움에 떨던 내 손을 꼭 잡으며, 도움을 요청했다는 것은 나에게 좋아지고 싶은 마음이 있는 것이라고, 이미 스스로 노력하고 있으니 금방 괜찮아질 것이라 했다. 여전히 두렵고 불안했지만 어쩐지 마음이 조금은 편해졌다.

나는 무엇으로 사는가

솔직히 까놓고 말해서

> 우리는 경험을 통해서 받은 충격 – 즉 트라우마 – 으로 고통받는 것이 아니라, 경험 안에서 목적에 맞는 수단을 찾아낸다. 경험에 의해서 결정되는 것이 아니라, 경험에 부여한 의미에 따라 자신을 결정하는 것이다. (…) 인생이란 누군가가 정해주는 것이 아니라 스스로 선택하는 것이다. 어떻게 사는가도 자기 자신이 선택하는 것이다.
>
> – 기시미 이치로·고가 후미타케, 『미움받을 용기』

불행한 어린 시절을 보낸 사람은 그렇지 않은 사람에 비해 불행한 삶을 살 확률이 높다는 이야기를 어디에선가 들었다. 엄마는 가정폭력의 피해자였다. 가장 잔혹했던 몇 장면은 인간의 성격, 사회성, 정서 등이 형성된다는 네다섯 살의 내 기억 속에 고스란히 남았다. 그래서였던 것 같다. 어렸을 적부터 '행복하게 살고 말겠다'고 끊임없이 다짐해온 것은.

어떤 삶을 살고 싶은지보다는 무엇이 되고 싶은지에 대해 답해야 했던 어린 시절, 나는 내가 좋아하는 일을 하면 행복할 것이라 굳게 믿었다. 운 좋게도 꿈꾸던 대학, 꿈꾸던 학과에 들어갔고, 나와 더 맞는 직업을 찾기 위해 전공을 바꾸었다. 같은 꿈을 꾸는 사람들을 만나기 위해 동아리 활동을 했다.

하고 싶은 '일'을 '꿈'이라 설정하고, 그것을 이루기 위해 노력했던 시간들이 나는 좋았다. 그러나 꿈을 이룬 뒤의 삶에 대해서는 아무도 알려주지 않았고, 그런 것까지 생각하기에 나는 너무 근시안적인 인간이었다.

"감기 걸렸는데 약 안 먹고 버티는 게 바보지."

처음 상담을 받고 돌아온 날, 동네 친구 H에게 내 상황을 털어놨다. 그는 주변에 우울증을 앓았던 친구가 있는데 멀쩡히 잘 살고 있다며, 그때까지도 망설이던 내게 말했다. 너무 겁먹지 말라고. 지금은 내가 나아지는 게 우선이라고. 이후에도 종종 함께 산책을 하며, H는 내가 읽을 만한 책들을 추천해주었다. 나는 H를 통해 박민규와 정이현, 아멜리 노통브와 마루야마 겐지를 읽었다.

자신의 껍데기를 깨부술 힘은 자신에게만 있다.

– 마루야마 겐지, 『인생 따위 엿이나 먹어라』

유명한 문학 작품이나 자기계발서가 늘 잘 읽히는 것은 아니다. 누가 아무리 좋다고 한들 내 마음에 와닿지 않는 순간 남 얘기가 되어버리기 때문이다. 그러나 내가 처한 상황이나 내 상태에 맞는 책은 그 어떤 대화보다 명쾌한 해답이 되기도 한다. 그런 측면에서 나는 병원과 친구들 못지않게, 책의 도움을 많이 받았다. 저자에 따라 조금 독한 이야기도 있었지만, 스스로를 돌아보는 데는 '힐링' 따위의 자기 위안보다는 '독설'을 듣는 편이 나았다.

다시 산책을 시작했다. 매일 걷고, 읽고, 쓰고, 대화했다. 그리고 생각했다. 그 무엇보다도 나 자신에 대해. 카피라이터라는 명함을 내려놓고, 그럴듯하게 꾸민 허울도 벗고. 내 자아를 견고하게 만드는 방법에 대해. 내가 어떤 인간인지, 무엇을 좋아하는지에 대해.

“좀 어땠어요?”

“운동을 다시 시작했어요. 화장도 하고, 밥도 잘 먹고. 의욕이 돌아오는 것 같아요.”

“적극적으로 노력하고 있으니 금방 좋아지는 거예요. 조금만 더 힘내봅시다.”

병원에도 꾸준히 나갔다. 갈 때마다 박사님은 밥을 챙겨 먹었다고, 운동을 했다고, 애쓰고 있다고 격려해주셨다. 그러고 보면 밥을 먹었다고 잘했다는 말을 들은 것도 참 오랜만이었다. 우울증이 많이 심각한 편은 아니었기에, 상담 치료와 가벼운 약물 치료만으로도 증세는 나아지고 있었다. 그러자 조금씩 더 걷고, 읽고, 쓰고, 생각할 힘이 생겨났다.

그렇게 내 삶은 조금씩 제자리를 찾아가고 있었다. 아니, 새 자리를 마련하고 있었다.

막무가내 막내

하루에 두 시간, 숨 쉴 틈을 만들다

'선배들이 오케이 할까? 개념 없다고 생각하진 않을까? 아 씨, 그냥 다음에 말할까….'

점심시간 한 시간 전부터 팀에서는 오늘 점심 메뉴에 대한 토론이 한창이었다. 나는 입을 다문 채 아무 말도 할 수 없었다. 점심시간을 혼자 보내고 싶다는 생각에, 며칠 전부터 벼르고 별렀으니까. '그 점심식사, 저는 패스하겠습니다.' 카피를 바꿔가며 몇 번이나 시뮬레이션했다. 상상 속의 나는 잘도 저런 말을 입 밖에 내던데, 현실에서는 목구멍에 걸려 쉽게 소리가 나오지 않았다. 그렇게 시간이 흘렀고, 10분 뒤에 출발하자는 메시지가 단톡방에 떴다. 어라? 이건 아니잖아. 에라 모르겠다!

“저는 혹시, 운동 다녀와도 괜찮을까요?”
“응? 점심 안 먹고?”
“네, 지하(구내식당)에서 간단하게 샐러드 먹으려고요.”
“그래? 알았어.”

‘뭐야, 이렇게 간단한 거였어?’

지구가 무너질 것만 같았던 내 걱정과는 달리, 막내가 점심을 같이 먹지 않는다고 해서 평화로운 점심시간에 갑자기 하늘에서 불기둥이 떨어지는 것은 아니었다. 지구도, 나도, 선배들도 멀쩡했다.

> 인간이라면 누구나 가면을 쓰면서 삶을 시작합니다. (…) 가면을 죽을 때까지 쓰다가 죽는 인간이 있고, 언젠가는 벗는 인간이 있다는 게 중요합니다. 우리가 가면을 벗을 수 있는 인간이 됐을 때, 우리는 강해집니다.
>
> – 강신주, 『강신주의 다상담 3』

모든 업무가 팀 단위로 이루어지는 광고회사에서 우리는 하루에 짧으면 아홉 시간, 길게는 열다섯 시간 이상을 사람들과 부대끼며 생활한다. 그 가운데서 나 역시 늘 가면을 써야 했다. 팀의 막내로서 어떤 이야기를 들어도 웃어넘겨야 했고(정말 웃어넘길 수 있었으면 좋겠다 싶기도 했고), 대단찮은 나를 광고회사에 어울리는 사람으로 내보이고 싶었다. 가면 뒤의 나를 지키기 위해서라도 가면은 유용한 것이었다. 하지만 가면을 너무 오래 벗을 수 없을 때, 내가 힘들어진다는 사실을 이제는 안다.

내게는 '맨얼굴'이 되는 시간이 절실히 필요했고, 그래서 하루에 두 시간씩 주어지는 점심시간이 무척 중요했다. 조금씩 자유 시간을 확보해가며 나는 혼자 점심을 먹거나 운동을 하거나 산책을 했다. '아무런 눈치 볼 필요 없이 내 시간을 오롯이 내가 쓸 수 있다'는 사실은, 가면을 벗고 숨 돌릴 수 있는 '틈'을 주었다.

"너는 오늘도 운동?"

"네, 점심 맛있게 드세요!"

이후로 몇 주가 지나자, 나는 자연스럽게 '점심시간이면 운동하러 가는 사람'이라는 이미지를 갖게 되었다. 이것은 팀이 바뀐 이후에도 유효했다. "성격이란 기득권이야. 저놈은 어쩔 수 없다고 손들게 만들면 이기게 되는 거지"•라는 오쿠다 히데오의 말처럼, 한번 나를 그런 식으로 포지셔닝하자, 사람들은 더 이상 내가 점심시간에 혼자 무엇을 하든 상관하지 않게 되었다. 나아가 다른 팀원들도 하나둘 점심시간을 따로 활용하기 시작했고, 이는 (내 생각에는 꽤 괜찮은) 일종의 문화가 되었다.

사람들은 내가 신경 썼던 것만큼 나를 신경 쓰지 않았다. 사람들은 내가 걱정했던 것만큼 나에게 관심이 없었다. 호기심에 수강했던 심리학과 수업에서 이와 관련된 이론을 배운 적이 있다.

교수님이 예시로 보여준 영상은 사람들로 가득 찬 야구장 관중석 풍경을 담고 있었다. 특정 인물이 아주 특이한 옷(노란 쫄쫄이였던 것 같다)을 입고 돌아다니고, 관중석에 있던 사람들에게 그를 기억하는지 묻는 실험이었다. 야구 경기가 끝난 뒤, 사람들에게 '노란 쫄쫄이를 입은 남자'를 보았냐고 묻자, 놀랍게도 아무도 기억하지 못했다. 사람들은 신기할 정도로 타인에게 관심이 없었다. 그리고 나는 이 이론을 몸소 체험했다. '상전 같은 막내'라고 놀림을 받으며 조금 눈치가 보이긴 했지만, 이런 '막무가내 막내'의

• 오쿠다 히데오의 『공중그네』(2005)에서 주인공 이라부가 하는 말.

삶이 나는 나쁘지 않았다. 아니, 훨씬 편했다. 스스로에게 약간의 자유를 허락하는 것만으로도, 나는 조금씩 바뀌고 있었다.

길고 어두운 터널의 끝

거기에 내가 있었다

어린 시절, 우리집에 '외식'이란 것은 존재하지 않았다. 다만 가끔 학교에서 상을 받아오거나 하면, 엄마는 나를 집 근처 기계우동집에 데려갔다. 멸치 육수에 쫄깃한 면발, 초등학교 저학년 때부터 나는 우동 한 그릇을 혼자 비워냈다. 그런 추억을 안고 성장해서일까, 우동은 내가 가장 좋아하는 음식이 되어 있었다.

몇 년 전 C로부터 일본에 '우동 마을'이 있다는 이야기를 들은 이후, 그곳이 너무 궁금했다. 자료를 찾아보며 일본의 네 개 섬 중 가장 작은 섬인 '시코쿠'의 '가가와현'에 대해 알게 되었다. 사누키 우동에서 '사누키'는 '가가와'의

옛 지명이라는 것. 가가와에는 600군데 이상의 우동집이 있다는 것. 그곳은 사누키 우동의 고향이자, 일본 우동의 성지라는 것.

이런 이야기들을 꺼내며 시코쿠에 가보고 싶다고 하면, 주변 사람들은 '일본에 간다면서 우동을 먹겠다고 그 작은 섬을 선택하는 건 한국에 처음 오는 외국인이 이동갈비 먹으러 포천에 가는 것과 같다'며, 차라리 도쿄나 오사카로 가라고 했다. 그러나 나는 도쿄나 오사카에는 관심이 없었다. 내가 일본에 가보고 싶은 이유는 '진짜 우동'을 먹어보고 싶어서였다. 한국에 처음 오는 외국인이 이동갈비를 먹으러 포천에 가면 또 어떤가. 좋아하는 것을 혼자 해보기로 한 첫 시도로 나는 다카마쓰행 비행기 티켓을 끊었다.

운전면허가 없었던 나는 기차역에서 저렴하게 자전거를 빌렸다. 구글 맵도 없이 관광안내소에서 얻은 종이 지도를 보고 우동집을 찾아 다녔다. 못 찾겠다 싶으면 근처 아무 가게나 들어가 길을 물었다. '고치, 소치….' 손짓 발짓으로 알려준 길을 찾는 데 서너 시간이 걸릴 때도 있었다. 그러나 모든 건물이 낮고 어디서든 하늘과 산이 보이는 그곳에서 서너 시간 자전거를 탈 수 있다는 건 행운이었다.

그리고 하루키 아저씨는 틀렸다. 『하루키의 여행법』에서 그가 극찬한 '나카무라 우동'도 맛있었지만, 나흘간 자전거를 타고 마을을 누비며 열 그릇 가까이 우동을 먹은 나에게 궁극의 우동은 '야마고에'였다. 세 시간 넘게 기다린 끝에 맛볼 수 있었던 야마고에의 '가마타마' 우동은 모든 것을 용서할 수 있을 것만 같은, 하루키의 표현을 빌리자면 '모든 지적 욕망을 마모시키는' 맛이었다. 조용한 가운데 후루룩거리는 소리밖에 들리지 않던 식당의 분위기는 묘하게 성스럽기까지 했다.

마지막 날엔 조금 비싼 호텔을 예약했다. 체크인을 하고 보니 11층에 노천탕이 있었다. 평일이라 그런지 아무도 없었다. 따뜻한 물에 몸을 담그자 살랑이는 바람이 얼굴을 간질였다. 부드럽게 흔들리는 나뭇잎을 보며, 나는 마음껏 행복했다.

『한국이 싫어서』에서 장강명 작가는 행복을 '자산성 행복'과 '현금흐름성 행복'으로 나누어 비교한다. '자산성 행복'은 무언가를 성취하는 데서 온다고 한다. 어떤 사람은 그런 행복 자산의 이자가 높다. 그래서 무언가를 성취했다는 기억을 통해 조금씩 행복하게 살아갈 수 있다. 어떤 사람은 정반대다. 행복의 금리가 낮아 행복 자산에서 이자가 거의 발생하지 않는다. 이런 사람들은 '현금흐름성 행복'을 많이 창출해야 하는 것이다.

나는 내가 하는 일이 좋았고, 좋아하는 일을 한다는 자부심을 가진 내가 좋았다. 이런 측면에서 지금껏 나는 '자산성 행복'을 충족시키기 위한 삶을 살았다고 볼 수 있겠다. 그러나 생각보다 이자는 낮았다. '성취감'에 비해 '불안감'이 높았고, 내 '자산'을 다른 사람의 것과 비교하기 바빴다. 어쩌면 나에게 필요한 것은 매일 조금씩 창출하는 '현금흐름성 행복'이 아닐까.

여행에서 돌아와 병원에 갔을 때는 어느 정도 생각이 정리되어 있었다.

"이번 주는 좀 어땠어요?"

"좋았어요. 혼자 여행을 다녀온 건 처음이었는데, 망설였던 날들이 아까워질 정도로 평화롭고 행복했어요."

"그랬군요. 잘하고 있어요."

"행복이라는 것에 대해 다시 생각해보고 있어요. 저는 지금까지 제가 좋아하는 일을 하면 곧 행복할 것이라 믿었거든요. 그런데 그렇지 않다는 사실에 많이 힘이 들었던 것 같아요. 연애도 마찬가지였어요. 너무 많은 것을 상대방에게, 우리 관계에 의존해버려서 그게 없어지고 나니 어디서 행복을 찾아야 하는지 길을 잃었던 것 같아요."

"그럴 수 있어요, 얼마든지요."

"스스로 행복해지는 것이 중요하다는 생각이 들었어요. 조금씩 그 방법을 찾아가고 있어요."

길고 어두운 터널이었다. 끝이 있다고 확신할 수도 없었다. 그러나 터널의 끝에는 내가 있었다. 그림자가 있는 곳에는 반드시 밝은 빛이 있다는 말처럼, 어두운 시간을 지나고 난 뒤 나는 내 안의 밝은 면을 발견할 수 있었다. 힘든 시간을 무사히 살아냈다는 신호처럼 진료실의 문을 닫는 소리가 탁 울렸다.

PART 2

패들

단 하나의 파도를 잡기 위해

Paddle

파도를 잡기 위해 보드 위에 엎드려 양팔로 노를 젓는 것, '패들'은 서핑의 기본이며 가장 중요한 동작이다. 패들을 얼마나 깊이, 세게 할 수 있느냐에 따라 파도를 잡느냐, 놓치느냐가 결정되기 때문이다. 몸의 속도를 파도에 맞추지 못하면 파도는 서퍼를 태우지 않고 지나가버린다. 숙련된 서퍼들은 적게 패들하고도 여유롭게 파도를 잡을 수 있다. 반면 경험치가 상대적으로 적은 초보 서퍼들은 팔이 빠지도록 패들을 해도 열 번 중에 한 번 파도를 잡을까 말까 한다. 그렇게 맥이 빠지는 상황에서도, 또다시, 라인업 경쟁에 뛰어든다. 일단 시도하지 않으면, 패들을 시작하지 않으면, 우리는 어떤 파도도 잡을 수 없기 때문이다.

누구였을까.

이렇게 크고 엄청난 걸,

이토록 아름답게 부서지는 걸,

잡아 타보겠다고 생각한

맨 처음 그 사람은.

서핑이 뭔가요

첫 서핑의 추억, 기사문 비치

"이번 주에 양양 가는데, 같이 갈래?"

사원 2년 차의 여름이었다. 눈부신 사무실 형광등 아래 코 박고 야근하는 계절. 그즈음 광고 동아리 동기들 몇몇은 양양으로 서핑을 하러 간다고 했다. 페이스북에 간혹 올라오는 바다 사진을 보면 내 마음까지 다 시원해지는 듯했다. 그러던 어느 날, 동기들이 나도 좋아할 것 같다며 함께 서핑을 하러 가자고 했다. 그 무렵 우리나라에는 서퍼가 많지 않았고, 나 역시 서핑이 무엇인지 정확히 몰랐다. 어쨌든 바다를 사랑하는 나로서는 바다에 간다는 것만으로도 설레는 일이었다. 그렇게 첫 서핑 레슨을 받으러 떠났다.

양양에 위치한 기사문 해수욕장이라고 했다. 생소한 이름이었다. 그때까지 내가 가본 해수욕장은 가족들 혹은 친구들과 함께 갔던 대천, 해운대, 경포대 정도가 다였다. 학창 시절 친구들과 속초나 양양에 놀러간 적은 있지만 서핑은 생각해본 적도 없었다.

나도 파도를 탈 수 있을까. 물 위에서, 그것도 파도 위에서 어떻게 설 수 있지. 다치면 어떡하지. 걱정과 기대를 동시에 안고 양양으로 가는 길. 하지만 더는 하고 싶은 일에 망설이지 않기로 했으니까. 차창 넘어 불어오는 바람에 짠 기운이 섞일 때마다 걱정은 날아가고 기대는 부풀어올랐다.

기사문에 도착해서 짐을 풀고, 서핑 레슨 받을 준비를 했다. 물에 들어가기 전 쫄쫄이 같은 웨트슈트Wet suit로 갈아입었는데, 뒤에 지퍼를 채우고 나니 답답해 죽을 지경이었다. (그래도 안전상의 이유로 레슨을 받을 때는 꼭 웨트슈트를 입어야 한다.) 뙤약볕 아래에서 서프보드의 부위별 명칭과 서핑 이론, 룰에 대한 설명을 들었다. 보드의 앞코를 말 그대로 노즈Nose, 양옆 부분을 레일Rail, 뒷부분을 테일Tail이라 부른다. 파도가 올 때 타이밍에 맞춰 파도를 잡기 위해 팔로 노를 젓는 동작을 패들이라 한다. 파도가 깨지기 시작하는 부분, 피크에 가장 가까운 사람이 테이크 오프Take off(엎드린 채 패들하다가 파도를 타기 위해 보드에서 일어나는 동작)에 성공하면, 그 파도는 그의 것이 된다. 안전상 그리고 상식(?)상의 이유로, 드롭Drop(다른 사람이 라이딩하고 있는 파도에 끼어드는 것)은 금물이다. 이런 룰을 배우고, 모래사장에 놓인 보드 위에서 테이크 오프 연습을 했다.

테이크 오프란 다른 말로 스탠드 업Stand up, 즉 보드 위에서 중심을 잡고 일어서는 것을 말한다. 보드에 누워 패들을 하다가 파도가 밀어주는 느낌이 드는 순간, 양손을 가슴 옆에 대고 상체를 먼저 일으킨다Push up. 그리고 테일 쪽에 있던 다리를 가슴이 위치했던 중간 부분까지 하나씩 가져온다. 시선은 계속 정면을 멀리 응시한다. 그리고 일어선 뒤 하체를 살짝 낮추고, 양쪽으로 팔을 벌려 중심을 잡으면 끝!

천만에, 전혀 쉽지 않았다.

육지에서 몇 번이고 연습을 한 뒤, 드디어 바다로 나갔다. 강사가 밀어주는 얕은 파도 위에서 일어서는 연습을 했다. 몇 번의 테이크 오프. 제대로 중심을 잡지 못해 곧 넘어지기 일쑤였지만, 신기하게도 그 시간이 어떻게 흘렀는지 몰랐다.

온 마음과 몸이 즐거워지는 기분이었다.

- 2014년 8월의 일기

저녁에는 마트에 가서 장을 봤다. 고기와 소주, 맥주, 안주 들을 샀다. 불을 지피고 고기를 굽고 술을 마시며 서프숍 사람들과 이야기도 나누었다. 사장님은 일본 유학 시절 서핑을 처음 접했다고 했다. 도쿄에서 사진을 하던 그에게 정신적으로 힘든 시기가 찾아왔는데, 그때 한 친구가 가까운 비치(아마도 지바현 쪽이었을 것이다)에 데려가 서핑을 가르쳐주었다는 것이다. 그 이후 서핑에 빠졌단다. 몇 천만 원의 빚이 있든, 어떤 걱정거리가 있든, 파도를 타는 그 순간만큼은 모두 잊을 수 있다고 사장님은 말했다.

다음 날, 집으로 돌아오는 버스 안에서
나는 파도를 타는 꿈을 꾸었다 .

그녀의 이중생활

커리어우먼과 '술또라이 서퍼'

금요일 저녁 여섯 시, 월요일까지 카피를 제안해달라는 요청을 받았다. '이놈의 그지 같은 광고주 때문에 양양까지 노트북 싸들고 가게 생겼네' 하며 짐을 챙겼다. 그런다고 내가 못 갈 줄 알고, 흥.

"신에게는 아직 열두 개의 파도가 남아 있습니다."

"서핑에 있어서 죽고자 하면 반드시 살고 살고자 하면 반드시 죽는다."

주말이 다가오면, 신이 난 메시지들로 카톡방에 불이 났다. 한창 유행했던 영화 〈명량〉의 명대사들을 패러디하며 우리는 양양에 가기만을 목 빠지게 기다렸다. 서핑에 빠진 뒤, 나는 평일에는 평범한(?) 커리어우먼(?)으로, 주말이면 '술또라이 서퍼'로 두 가지 삶을 살고 있었다. 은혜롭게도 서프메이트 중 차를 가진 멤버가 있어, 우리는 금요일 저녁이면 세 시간 드라이빙의 무료함을 달래줄 비지엠을 고르며 양양으로 달렸다. 일이 열 시에 끝나면 열 두 시에 만나서, 퇴근 후 약속이 있으면 새벽 세 시까지 술을 먹고서라도, 2주에 한 번은 양양에 갔다. 팍팍한 노예의 삶에서 서핑은 나를 구원해주는 한 움큼의 성수였다.

양양에 도착하면 제일 먼저 우리를 맞이하는 건 늘 밥 말리였다. 〈Get up, Stand up〉으로 시작해 〈No Woman, No Cry〉로 끝나는 트랙은 아무리 들어도 질리지 않았다. 레게 특유의 나른한 리듬감과 거침없는 밥 말리의 목소리. 푸른 바다와 시원한 맥주 한 잔. 우리는 음악을 듣고 늘어져 있다가 파도를 타고, 파도가 없으면 태닝 오일을 바르며 피부를 앞뒤로 굽고, 낮잠을 자고, 시시한 농담에 웃고 떠들었다. 양양에 있으면 진상 같은 광고주의 요구도, 때리고 싶은 기획팀 차장의 얼굴도 떠오르지 않았다.

"주말에 뭐 했어?"

"양양 다녀왔어요!"

"또?"

"네, 히히."

"그동안 서울에서 어떻게 살았니?"

"그러게 말이에요, 헤헤."

"근데 잘 어울린다, 좋아 보여."

이틀 동안 바다에서 뒹굴다 온 내 몸과 얼굴은 까맣게 그을려 있었다. 어느덧 파운데이션 호수가 바뀌었다. "그러다 기미 생긴다"는 말에 걱정이 되기도 했지만, 피부는 포기한 지 오래였다(그래도 열심히 마스크팩을 하긴 했다). 월요일 아침이면 여전히 눈을 뜨기 힘든 월요병에 시달렸지만, 전보다는 활기찬 모습으로 출근하는 나를 발견했다. 금요일 아침이면 수영복과 선크림 등을 바리바리 싸든 가방이 하나 더 추가되었지만, 발걸음은 훨씬 더 가벼웠다.

"주말에 서핑하고 다음 날 출근하면 피곤하지 않아?"

간혹 이런 질문을 받았다. "아뇨 전혀요" 하고 답하면, 보통 "역시 젊어서 그런가"라는 답변이 돌아왔다. 당시에는 그냥 젊어서 그런 건 아니라고 생각했는데, 어쩌면 그 말이 맞는 것도 같다. 파도를 타는 그 순간만큼은 내 감정과 행복에 충실한 어린아이가 되었으니까.

인생의 모든 날은 휴일이다.

- 박민규, 『삼미 슈퍼스타즈의 마지막 팬클럽』

됐다 싶을 때, 딱 두 번 더

첫 그린 웨이브. 파도와 하나가 된 순간

이렇게 보면 쭉 주말 서퍼로 살아갈 수 있지 않을까 싶지만, 양양은 일주일 내내 파도에 목이 말랐던 나를 충족시켜주지 못했다. 사실 여름의 동해는 파도가 거의 없다. 휴일이면 파도도 휴가 간 경우가 허다했다.

주말 서퍼로 지낸 지 2년이 다 되어갈 즈음, 9월 첫 주의 양양에서 사건은 터졌다.

나는 초보였고, 보통 초보들은 파도를 스스로 잡기 힘들기 때문에 파도가 만들어낸 거품(화이트 웨이브라고 한다)을 타는 것에 가깝다. 화이트 웨이브에 어느 정도 익숙해졌으니, 파도의 면(부서지기 전의 힘 있고 빠른 파도. 그린 웨이브라고 한다)을 타고 싶었다. 진짜 파도를 잡고 싶었다. 하루 종일 옆 서퍼들을 기웃거리며 연습했지만 쉽지 않았다. 패들은 너무 힘에 부쳤고, 타이밍은 매번 놓치기 일쑤였다.

그날 밤, 서프숍에서는 (역시) 작은 술자리가 열렸다. 맥주를 마시며, 하루 종일 파도를 타던 사람들과 또 파도 이야기를 나누었다. 나는 물었다. “파도는 어떻게 잡는 거예요?” 한 서퍼가 답했다. “죽어라 패들해요. 진짜 죽어라고.” 다시 물었다. “저도 죽어라 한다고 했는데, 잘 안 잡혀요.” 그는 다시 답했다. “더 깊이, 더 세게 해야 해요.” 그리고 이후 내 삶을 크게 바꿔놓은 그의 한마디.

“됐다 싶을 때, 패들을 딱 두 번 더 해요.”

다음 날, 우리는 라인업Lineup(바다 위, 서퍼들이 파도를 기다리는 곳)에서 다시 만났다. 내가 한참을 허우적대는 동안 다른 서퍼들은 신나게 파도를 탔다. 혼자 낑낑대는 모습이 안쓰러워 보였던 걸까, 한 분이 옆에서 타이밍을 알려주었다. “지금이에요, 패들!”

하나 둘, 하나 둘. 더 깊이, 더 세게. 어깨가 빠져라 패들을 했다. 무언가 잡힌 느낌이 들었다. 그리고 두 번 더. 파도와 하나 된 느낌이 든 그 순간, 테이크 오프. 그린 웨이브였다.

어떤 순간의 기억들은 간혹 머릿속에 슬로모션으로 남는다. 너무 좋아서, 잊기 싫어서, 자꾸 되감아 플레이하다 결국 늘어진 테이프처럼. 그날의 라이딩이 그랬다.

보드를 들고 서프숍으로 걸어가는 내내 멍했다. 믿기지 않았다. "이게 그거예요?" 사장님에게 물었다. "얘, 뽕 맞았네." 사람들은 이걸 '물뽕'이라 했다. 이후에도 나는 한동안 붕 떠다녔다. 굳이 말로 표현하자면, 구름 위를 미끄러진다면 이런 느낌일 것 같다고 해야 하나.

서울에 돌아오고, 출근을 한 뒤에도 눈을 감으면 자꾸 바다로 돌아갔다. 마마스 앤드 파파스의 〈California Dreamin'〉, 넬의 〈Ocean of Light〉, 글렌체크의 〈Pacific〉 등등 바다 노래들이 플레이리스트를 점령했다. 우연히 올려다본 하늘에서도 파도가 보였다. '대리'라는 명패에는 보드를 든 서퍼 스티커가 붙었다. 야근하는 내내 모니터의 한쪽 구석 창에는 서핑 영상이 플레이되고 있었다.

부지런은 부질없다

영혼 없는 노동이 인생을 갉아먹는 법

산으로 가는 광고.

광고인이라면 한 번쯤 이 영상을 봤을 것이다. 유튜브에서 '산으로 가는 광고'를 검색하면 8분 12초짜리 영상이 나온다. 이는 〈우리 개 이야기〉라는 일본 옴니버스 영화의 한 부분이다. 대략적인 줄거리는 다음과 같다.

한 젊은 광고인이 '멍멍팩토리'라는 회사의 '애견 모리모리'라는 사료 광고를 만든다. 첫 아이디어는 무난하다. '미사키'라는 일본 배우가 등장하여 강아지를 산책시키고 모리모리 사료를 먹이면, 멍멍팩토리 로고에 그려진 강아지가 만족스러운 듯 '멍멍' 하고는 끝난다.

그는 이 콘티를 광고회사 대표로 보이는 사람에게 보고

한다. 대표는 다 좋은데 미사키가 더 매력적이었으면 좋겠다며, 섹시한 옷을 입고 진한 화장을 한 모습을 제안한다. “그렇지만 이건 사료 광고인데…”라는 직원의 말은 당연히 통하지 않는다.

광고주에게 아이디어를 보고하러 간 자리, 광고주는 회장님이 좋아한다는 이유로 ‘엔카’(일본 대중음악의 한 종류)를 비지엠으로 깔 것을 요구한다. 또한 모델 기획사 관계자의 요구로 광고는 꽃밭과 해변에서 혼자 뛰노는 미사키의 모습으로 도배된다(이 과정에서 강아지는 모습을 감춘다). 마지막 시사 자리에서 광고주는 딱 한 가지를 더 요구한다. “우리 사료의 강점은 차별화된 재료인데….” 결국 TV에 나온 광고에는 해변에서 뛰노는 미사키의 얼굴 위로 커다란 글씨의 ‘차별화된 재료 목록’이 지나간다.

‘산으로 가는 광고’는 바다에서 한없이 자유로웠던 내 영혼을 붙들고 잠식시켰다. 당시 우리 팀은 햄 광고를 제작하고 있었다. 괜찮은 아이디어에, 괜찮은 모델에, 비지엠도 귀여운 광고였다. 그런데 온에어를 앞두고 광고주의 황당한 요구가 떨어졌다. 광고에는 ‘한돈’ 마크가 잠깐 등장하는데, 이 마크를 화면의 4분의 1 크기로 키우고, 번쩍

번쩍하는 효과를 넣어달라는 것이었다(한돈과 무슨 관계였는지는 지금도 의문이다). 다 된 광고에 한돈 뿌리기라니.

팀장님을 비롯한 팀원들은 물론, 촬영과 편집을 담당한 프로덕션 및 감독님까지 황당하기 그지없는 일이었다. 우리는 한돈 마크를 (상식적인 선에서) 키우고, 반짝 효과를 (상식적인 선에서) 넣어 보냈다. 몇 차례의 수정 끝에, 결국 기획팀 대리가 광고주의 메일을 직접 뽑아왔다. "전체 화면 '4분의 1크기', 사라졌다 등장하는 '번쩍번쩍' 효과." 그렇게 우리는 포트폴리오에 넣을 수 없는 또 한 편의 광고를 내보냈다.

참고로 이 예시는 클라이언트들의 황당한 요구 중 40000분의 1도 안 되는 일이었다. 우리가 하는 일의 99퍼센트는 말이 안 되는 일이라고, 친한 선배는 입버릇처럼 말했다. 정말 그랬다.

한번은 모 음료의 광고 및 마케팅 제안을 요청받았다. 그런데 광고주 미팅을 다녀올 때마다 방향과 콘셉트가 바뀌는 게 아닌가(광고주 미팅 자리에는 보통 기획팀과 제작팀 팀장이 참석한다). 이해가 안 되는 상황 속에서도 기획팀이 그렇다니까, 광고주가 그랬다니까, 우리는 다시 아이디어를 내고, 모델 에이전시와 수십 번씩 통화를 하며 어울리는 혹은 가능한 모델의 스케줄을 확인했다. 그렇게 몇 주의 야근을 끝내고 갔던 마지막 미팅 자리에서, 나는 우리가 그간 해온 일들이 삽질이라는 사실을 깨달았다.

광고주 미팅에, 그것도 팀장 – 본부장 – 상무로 이어지는 보고 자리에 가는 것은 처음이었다. 이는 마치 도장깨기와 같았다. 회의실에서 팀장님이 준비한 제안서를 스크린에 띄워놓으면 팀장 – 본부장 – 상무가 차례로 들어와서 우리의 이야기를 들었다(왜 한꺼번에 듣지 않는지 지금도 의문이다). 백 페이지에 가까운 제안서를 몇 번이고 반복해서 얘기하던 팀장님은 거의 목에서 쇳소리가 날 지경이었다. 다행히도 본부장까지 반응이 좋았다. 끝판왕 상무 보고만을 남겨두고 있었다.

"우리는 지금 광고 할 때가 아닌 것 같은데…."

프레젠테이션이 끝난 후, 정적을 깬 상무의 첫마디였다. 그 뒤로 제품 패키지 리뉴얼에 대한 이야기가 한참을 오갔다. 상무가 나간 뒤, 광고주 팀장과 팀원들은 우리에게 죄송하다고 했다. 상무님이 저런 생각을 갖고 있는 줄은 몰랐다며.

그날의 충격을 지금도 잊을 수 없다. 윗사람의 의중을, 그 윗사람은 윗윗사람의 의중을 알.아.서. 파악해야 하는 구조라니. 같은 건물 같은 층을 쓰는 사람들 아닌가. 내 머리로는 도저히 이해가 가지 않았다. 몇 주간 소비된 몇 명의 시간과 에너지가 모두 물거품이 되는 순간이었다.

한편으로는 우리가 왜 야근을 해야만 했는지, 이해가 가기 시작했다. 새롭고 재밌는 아이디어를 내도 광고주가 꼰대면 받아들여지기 어렵다. 더군다나 광고주 내부적으로 소통이 되지 않는 상태에서 아무리 결과물을 만들어봤자 소용이 없다.

그럴 거면 도대체 왜 제안을 요청한 거지? 생각하니 다시 열이 받기 시작한다. 그만 생각하기로 한다. 내가 바꿀 수 있는 건 아무것도 없다.

이러다간 인생을 도둑맞는다.

– 이토 히로시, 『작고 소박한 나만의 생업 만들기』

나는 카피라이터라는 직업을 좋아했다. 업무 자체는 지금도 좋아한다. 같이 일하는 동료들도 좋다. 친한 사람의

8할이 광고인 혹은 광고계 출신 사람들이다. 그러나 비효율적이고 불합리한 시스템 안에서, 내가 할 수 있는 건 아무것도 없었다.

돈 받고 하는 일이란 게 다 그런 거라고 했다. 우리가 받는 연봉에는 스트레스 값이 포함되어 있는 거라고 했다. 그런 성숙한 마음을 품기에 나는 너무 어렸다(물론 지금도). 대충 해야 오래 한다고도 했다. 하지만 하루의 대부분을, 따지고 보면 인생의 절반 정도는 차지할 것 같은 시간에 영혼을 묻어두고 일을 하고 있자니, 나는 정말로 내 인생을 통째로 도둑맞을 것 같다는 생각이 들었다.

하와이의 '식시소포'

꿈과 현실 사이 그 어딘가에서

하와이에서 비키니 입고 파도 타는 서른의 '섹시 서퍼'.

서핑에 재미를 붙인 이후로 품어온 꿈이자 목표였다. 내 꿈은 섹시 서퍼라고, 입이 닳도록 말하고 다녔다. 그러나 결론적으로 이 꿈은 이루어지지 않았다. 충분히 잘 타지 못했던, 아직 더 섹시해질 수 있었던 스물아홉 살에, 하와이에 가버리고 말았던 것이다.

"이번 휴가 하와이로 가는 거 어때?"

여름이 오기도 전이었다. 친한 동기들이 휴가를 제안했다. 모 카드사의 여행 브랜드에서 9월 하와이 비행기 티켓을 저렴하게 판매한다고 했다. 내 목표는 서른이었는데…. 잠시 고민했다. 그런데 티켓값이, 하와이 왕복이, 60만 원이었다. 발리보다도 더 쌌다. 슈어, 와이 낫? 석 달 전부터 우리는 하와이 노래를 부르며 여름을 났다.

하와이 안에서 우리가 갈 곳은 크게 세 군데였다. 마우이섬Maui Island, 그리고 오아후섬Oahu Island의 북쪽 노스 쇼어North Shore와 남쪽 호놀룰루Honolulu. 마우이에 도착하자마자 나는 첫눈에 그곳과 사랑에 빠졌다. 처음 우리를 반긴 것은 드넓은 하늘을 가로지르는 무지개였다. 하와이에는 무지개가 많았다(하와이에선 차량 번호판 디자인도 무지개다). 그리고 끝없이 펼쳐진 바다, 한없이 여유로운 사람들. 말이 되나. 여기 천국인가요.

다른 관광지들에 비해 마우이는 비교적 사람이 없었다. 아니 상당히 시골이었다. 커피가 당기던 참에 발견한 스타벅스에 들어갔다(세상에, 스타벅스에도 사람이 별로 없었다). 카푸치노를 주문하니 이름을 물어본다. “SEXY SURFER.” 하와이에 왔으니 꿈꾸었던 섹시 서퍼가 되리, 나는 대답했다. 잠시 뒤, 커피가 나왔다. 종이컵에는 이렇게 적혀 있었다.

'SIXY SOFO'

내 발음이 그렇게 구렸던 걸까. 아니면 인정할 수 없었던 걸까. 여하튼 그 사건을 계기로 내 별명은 '식시소포'가 되고 말았다.

오아후섬의 노스 쇼어에 도착했을 때, 파도가 좋다고 하도 소문을 들은 곳이라 나는 한껏 기대에 부풀어 있었다. 한데 며칠간 쉬지 않고 마셨던 술 탓에 위장도 부풀어 있었나보다. 나흘 차부터 위가 아파 아무것도 넘기지 못했다. 다들 노스 쇼어의 유명한 푸드트럭에서 저녁을 맛있게 먹는 동안, 나는 마트를 찾아 소화제를 사 먹어야 했었다. 그런 와중에 또 '자연스럽게' 서프숍에 들어가 레슨을 알아보았다. 스태프에게 물었다. "How's the wave? Good?" 그는 답했다.

"The best in the world."

다음 날 아침, 일행들은 쉬기로 했다. 쉬어갈 타이밍이었다. 나는 전날 아무것도 먹지 않고 잠들어 일찍 잠에서 깼다. 그러고는 (역시 자연스럽게) 바다로 향했다. 노스 쇼어까지 와서 파도를 못 타고 간다면 억울해 죽을 것 같았다. 세계 최고라지 않는가 말이다. 부대끼는 속을 참고 레슨을 예약해둔 전날의 나에게 감사를 보내며 도착한 노스쇼어의 파도는 그야말로 아름다웠다.

선셋 비치 근처에서 시작된 레슨은 파도가 너무 커지는 바람에 근처 다른 비치로 옮겨졌다. 카아나팔리Kaanapali라는, 작고 아름다운 비치였다. 라인업으로 나가는 한쪽 사이드에는 저 멀리 푸른 산이 보였고, 반대쪽 옆에는 바로 울창한 숲이 있었다. 마치 바다가 아니라 호수를 가르는 기분이었다. 거기에 너무 높지도 낮지도 않은, 알맞은 크기의 파도. 그곳은 천국이 확실했다.

레슨이 끝나고도 서핑을 더 할 수 있냐고 물었더니, 무상으로 보드를 빌려주겠다고 했다. 어느새 친해진 페이든이라는 친구(서프숍 사장 조카라고 했던 것 같다)와 함께 한참 파도를 탔다. 파도를 잡기 쉽도록 그가 뒤에서 밀어주었는데, 내가 혼자 잡아보겠다고 했다. 그러고 실패하기를 수십 번. 나는 그에게 물었다. "손가락 하나로만 밀어줄 수 있어?"

페이든의 도움을 받으며, 나는 파도 잡는 법을 조금씩

익혔다. “이번에는 새끼손가락으로 밀어줘!” 그러기를 두어 번, 이제는 내 힘으로 잡아보겠다고 했다. 패들, 패들, 더 세게, 더 깊이. 아득하게 파도를 타고 나아갔다. 하와이에서 처음으로 잡은, 그런 웨이브였다.

한국이 싫어서

탈조선을 꿈꾸는 젊은이들

C가 이민을 간다고 했다.

"너는 정말이지, 난년이야."

강남의 한 술집에서 와인을 마시며 우리는 서로의 잔에 대해 이야기했다. C가 골라온 와인잔은 유독 컸는데, C는 그것이 인생의 스케일 차이라고 했다. 몇 년 동안 못 만났다는 사실이 무색하게 우리는 너무나도 그대로였다.

C는 대학 동기다. 정확히 말하면 연극학과 동기다(나는 연극학과 연출 전공으로 입학했다). 신입생 시절부터 우리는 함께 고생하고 공연하고, 술을 마시며 친해졌다. 연극학과에 다니던 1년 반 동안 내가 (연출로서) 올린 공연은 총 두

편이었는데, 나는 두 연극의 주인공 역할을 모두 C에게 부탁했다. 밤샘 연습을 비롯한 온갖 힘든 과정, 그리고 무대 위에서의 뿌듯하고 행복한 순간을 우리는 함께했다.

2학년 때 나는 광고인을 꿈꾸며 인문계열로 전과했다. 낯선 학과에서 자연스럽게 겉도는 아웃사이더가 되었고 졸업할 때까지 연극학과 동기들과 계속 어울렸다. C는 내가 전과하던 해 겨울, 스물두 살의 나이로 결혼했다.

나도 나지만, C는 말 그대로 '난년'이었다. 학생 신분으로 결혼을 한 뒤, 졸업하자마자 임신을 했다고 연락이 왔다. 첫 아들을 낳기 전과 낳은 직후, 두 번 정도 C의 집에 놀러간 적이 있다. 그 이후 C는 육아로, 나는 취업 준비에 인턴생활로 바빴고, 거의 4년간 연락을 못하고 지냈다. 그런 C가 이민을 간다는 소식을 전해온 것이다.

"요즘 뉴스를 잘 안 봐. 감당이 안 돼."

C는 어느새 아이 둘의 엄마가 되어 있었다. 아이들을 낳고 키우면서 그녀는 (많은 사람이 그렇듯) 한국이 아이를 키우기 좋은 나라가 아니라고 느꼈다. C와 남편은 삶에 대한 그들만의 가치관이 상당히 확고한 편인데, 한국에서는 그것을 지키며 살기 힘들다고 생각했으리라.

게다가 가끔 뉴스를 보면, 너무나 슬프게도, 아이들은 기본적인 인권조차 보호받지 못하는 경우가 많았다. 2014년 세월호 참사 이후 그들은 마음을 정했다고 했다. 이 나라를 떠나야겠다고. 한 달 뒤, C는 가족들과 함께 뉴질랜드로 떠났다.

> 가까이에서 보면 정글이고, 멀리서 보면 축사인 장소가 한국이다.
>
> - 허희, 『한국이 싫어서』(장강명) 작품 해설 중

Y는 함께 양양으로 퇴근하던 (차도 있는, 은혜로운) 서프메이트였다. 주말마다 Y의 미니쿠퍼 안에서는 일, 연애 이야기로 시작해 한국에서 산다는 것에 대한 다양한 생각과 의견으로 이야기꽃이 피었다. 그녀는 여느 동기들과 마찬가지로 광고회사에 다니고 있었는데, 언제부턴가 그 일을 그만두고 해외로 나갈 준비를 한다고 했다. 몇 달 뒤, 다이빙 강사로 취업한 Y는 태국으로 떠났다.

W는 이직한 직장에서 만난 동아리 후배이자 동갑내기 친구다. 당시 신입사원이었던 그는 회사의 말도 안 되는

시스템과 기막힌 상사들로 인해 어마어마한 스트레스를 받고 있었다. 그는 자주 워킹홀리데이를 가고 싶다는 이야기를 꺼냈다. 워킹홀리데이라는 건 나와 전혀 상관없는 제도라고 생각하면서도 그의 삶을 진심으로 응원했다. 하지만 나는 곧, 워킹홀리데이가 나에게 매우 중요한 제도임을 알게 된다.

비슷한 시기에 광고 동아리 동기 모임이 있었다. 한 언니가 서른한 살의 나이로 워킹홀리데이를 간다고 했다. 워킹홀리데이라. 워킹홀리데이 비자를 취득하면 해당 국가에서 12개월까지 체류가 가능하다. 그러고 보니, 외국 바닷가에서 살아볼 수 있다는 거잖아. 이거 엄청난 제도였네?

어느새 마음은 정해져 있었다. 외국에서 서핑하며 살아보고 싶다(당시에는 3개월에서 6개월 정도 다녀올까 생각했다). 그렇다면 워킹과 서핑이 동시에 가능한 국가는? 호주 아니면 뉴질랜드였다. 뉴질랜드에 비해서는 호주의 서핑이 압도적으로 유명했다. 골드코스트라니. 이름부터 빛나잖아! 그렇게 첫 워킹홀리데이 목적지가 호주로 결정되었고, 나는 줄줄이 한국을 떠나는 젊은이 중 한 명으로 합류했다.

나이 서른에 워홀이라니

'도전정신'으로 포장하기엔 너무 짠내 나는

어렸을 적부터 엄마가 바라는 나의 꿈은 수녀님이었다(아직도 가끔 말한다). 그러나 나는 어린 시절부터 방탕했고, 무엇보다 신성한(?) 길을 걸을 만한 인간이 못 되었다. 일찍이 엄마도 파악했던 것일까, 수녀원으로 들어가라고 강요한 적은 없었다. 간혹 말을 꺼낼 따름이었다(물론 나는 언제나 말이 안 된다고 생각했다).

수녀님이 될 것이 아니라면, 엄마는 내가 무슨 일을 하든 별로 상관하지 않았다. 연극학과에 진학할 때에도, 전공을 바꿀 때에도, 취업을 하고 이직을 할 때에도, 나는 엄마와 상의한 적이 단 한 번도 없었다. 엄마는 내 선택을 응원하거나 지지하지 않을 때도 있었지만, 대부분은 그냥 있는 그대로 나를 믿고 지켜봐주었다.

그런데 일을 그만둘 때만큼은 달랐다. 평생을 가난하게 살아온 엄마는, 내가 적어도 그런 삶은 살지 않기를 바랐다. "잘 다니던 대기업을 왜 때려치우느냐"고, 엄마는 처음으로 나를 나무랐다. "결혼도 한다면서." 실제로 나는 여름 전까지만 해도 남자친구 J와 결혼할 것이라고 동네방네 떠벌리고 다녔다(웨딩 박람회도 다녔다). 황당하지만 늘 그렇듯 나는 내 마음대로 선택해버렸고, 엄마는 딸년이 말을 해봤자 들어 처먹지 않을 것임을 금세 인정했다.

J는 서핑이 하고 싶으면 제주도에 가서 두 달 정도 살다 오는 것은 어떠냐고 말했다. 나는 외국 파도도 경험해보고 싶고, 무엇보다 다른 나라에서 살아보고 싶으며, 3개월에서 길면 6개월 안으로는 돌아오겠다 했다. 그는 태평양과도 같은 사람이었다. 얼마 뒤 나는 생일 선물로 냉장고만 한 캐리어를 받았다.

내 인생은 나 이외에 그 누구도 살아줄 수 없다.

내 행복은 나의 주관으로 판단하면 된다.

– 히노 에이타로, 『아, 보람 따위 됐으니 야근수당이나 주세요』

회사를 그만두고 호주에 간다고 하면, 대부분 엄청난 '도전정신'을 바탕으로 한 '용기 있는 선택'이라는 반응이 돌아왔다. 그러나 틀렸다. 무작정 떠난 것은 맞지만, 회사를 무작정 그만두었던 것은 아니기 때문이다.

나는 '도전'과는 거리가 먼 사람이다. 오히려 걱정을 사서 하는, 엄청난 '쫄보'다. 워킹홀리데이를 가겠다고 결심한 시점부터 약 6개월의 시간 동안, 치밀하고 철저하게 계획하고 준비했다. 우선 여행 경비를 마련하기 위해 매일 아침 도시락을 쌌다. 남대문시장 혹은 동묘에서 삼천 원, 오천 원, 비싸면 만 원대의 옷을 사 입으며, 머리부터 발끝까지 삼만 원이 넘지 않는 룩을 연출했다. 그 좋아하는 술자리도 대부분 단골 와인바(한 병에 19,900원이다) 혹은 포장마차 등을 전전하며 인당 만 원이 넘지 않는 선에서 해결했다.

'도전정신'으로 포장하기에는 너무 짠내 나는 과정이었다. 내가 이렇게 계획적인 인간인 줄은 사실 나도 몰랐다. 하긴 살면서 이렇게 구체적인 목표를 갖고 계획을 세운 적이 얼마나 있었던가.

그해 연말, 동기들이 모인 자리에서 나는 난생처음으로 '사주'라는 것을 봤다. 동기 중에 '도사님'이라고 불리는 오빠가 있는데, 가끔 술자리가 무르익으면 동기들이 줄을 서서 사주를 보곤 했다. 나는 한 번도 본 적이 없었다. 몇백 년 전의 통계학이 오늘날에도 적용되는가에 대한 의문이 컸기 때문이다. 그러나 그날만큼은 달랐다. 나는 내 운명이, 지금의 선택이 옳은 것일지 궁금했다. 생년월일을 받아 적은 도사님이 말했다.

"너는 물을 건너면 잘될 팔자야. 해외로 나간다든가."

"정말?"

(그때까지도 나는 내 계획을 동기들에게 말한 적이 없었다.)

"응, 네가 서핑을 좋아하는 이유를 알겠어."

"왜?"

"네 사주에는 물이 부족해. 그래서 물을 찾는 것 같아."

"그렇구나. 그럼 해외로 나간다면, 어디가 좋을까?"

"섬나라 이런 데가 좋을 것 같아. 예를 들자면… 호주라든가."

"…진짜?"

(이 대목에선 진짜로 온몸에 소름이 돋았다.)

물론 사주를 보지 않았어도 나는 떠났을 것이다. 하지만 그날의 경험은 내 선택에 왠지 모를 확신을 추가해주었다. '산을 좋아하는 사람은 산을 닮고, 물을 좋아하는 사람은 물을 닮는다'라는 말을 어디에선가 본 적이 있다. 나는 물을 좋아하는 사람이었다.

물처럼 살고 싶어졌다.

무엇이든 될 수 있는, 어디로든 흐를 수 있는.

퇴근하겠습니다

행복 찾아 멀리멀리 떠나렵니다•

2월. 드디어 회사를 그만두겠다고 말했다. 한 달여간 매달려온 화장품 광고 경쟁 PT를 따낸 후 화기애애했던 팀 분위기에 찬물을 끼얹었다. 나로서는 어찌할 도리가 없었다. 끝나면 말씀드리겠다는 마음을 먹고, 나는 그간 경쟁 PT에 정말 열심히 참여했다(아이디어 반응도 좋았다).

한 달 휴가를 내줄 테니, 하고 싶은 서핑 실컷 하고 오라고 팀장님은 말했다. "죄송한데 1년 정도 다녀오려고요(이미 비행기표도 편도로 끊었고요…)." 내 말에 팀장님은 "무슨 여행을 1년씩이나 간다니" 하며 한숨을 내쉬었다. 상무님

• 애타게 부르짖던 노동요 〈퇴근하겠습니다〉(장미여관)의 한 구절.

에게도 불려갔다. "요즘 애들은 왜 그러니?" 요즘 애들은 계획을 안 하고 산다는 둥, 안타깝다는 둥 그런 이야기를 들었다. '이거 반년 전부터 세운 계획인데…'라고 속으로 답했다. "그래, 가봐. 프로 서퍼가 돼서 보자고"라는 말에는, 자신은 없지만 노력해보겠다고 했다.

당시 내가 다니던 회사는 특이하게도 소문이 굉장히 신속하게 바이럴 및 재창조되는 곳이었다. 예를 들자면, J가 한 번 회사로 찾아와 건물 1층에서 손잡고 퇴근한 적이 있다. 그날 아마 회사 사람들 몇을 마주쳐 남자친구라고 소개하며 인사했던 것 같다.

며칠 뒤, 팀장님이 내게 와서 다급하게 물었다. "너 혹시 남자친구랑 회사에서 키스했어?" 아니, 이건 또 무슨 황당한 소리지. 하지만 침착하게, 나는 얼마든지 그럴 수 있지만 남자친구는 그런(?) 사람이 아니라고 웃으며 답했다. 그런데 그 뒤로도 다른 대리님들이 찾아와 같은 내용의 질문을 했다. 술자리에서 접했다는 소문을 상세히 들어보니 가관이었다. 엘리베이터 안에서 내가 남자친구와 키스를 하고 있었고, 모 팀장님과 눈이 마주쳤는데 무시하고 하던 짓을 계속했으며, 그 광경을 상무님이 보고 있었다는 것이다. 나도 모르는 사이 나는 애정표현에 아낌이라곤 없는 자유로운 사람이 되어 있었다. 그리고 이런 회사의 분위기는 '퇴사'와 '외국행'을 만나 또 한 번 흥미로운 결과를 낳았다.

퇴사 선언을 하고 며칠 뒤, 어느 부장님이 물었다. "하와이 이민 간다는 소문이 있던데?" 호주 워킹홀리데이는 어느새 하와이 이민으로 둔갑해 있었다. 아무려면 어때. 하와이든 호주든 서핑만 할 수 있다면야. 그렇게 4년 2개월간의 직장생활에 종지부를 찍었다. 시원섭섭하지 않냐고들 물었는데, '시원후련'했다. 설렘은 덤이었다.

어느 정도 준비를 마치고, 들러야 할 곳이 한 군데 더 남았다.

"준비는 다 했어요?"

"네, 비자랑 티켓 프린트했고, 국제운전면허증도 발급받았어요. 보험도 들었고요."

(당시 나는 호주에 가서 차를 살 계획으로, 한 달 만에 운전면허를 땄다.)

"그래요, 기분은 좀 어때요?"

"설레고 들뜨는데, 좀 불안하긴 해요. 꿈도 꿨어요."

"충분히 그럴 만해요. 또 새로운 환경에 놓일 테니까. 그래도 나는 부러워요. 전에 1년간 미국에서 생활한 적이 있었는데, 그때만큼 좋은 시간들이 또 없더라고요. 즐길 수 있을 때 즐겨봐요. 지금까지 열심히 살아왔고, 행복할 자격 충분하니까."

"…(어느새 눈물이 고였다. 진료실은 역시 신기한 공간이다.) 감사해요, 박사님."

"건강하게 돌아와요. 몸조심하고!"

박사님은 처음 만났던 날처럼 내 두 손을 꼭 잡았다.

나는 행복할 자격이 있다, 충분히 있다, 이 말이 계속 맴돌았다.

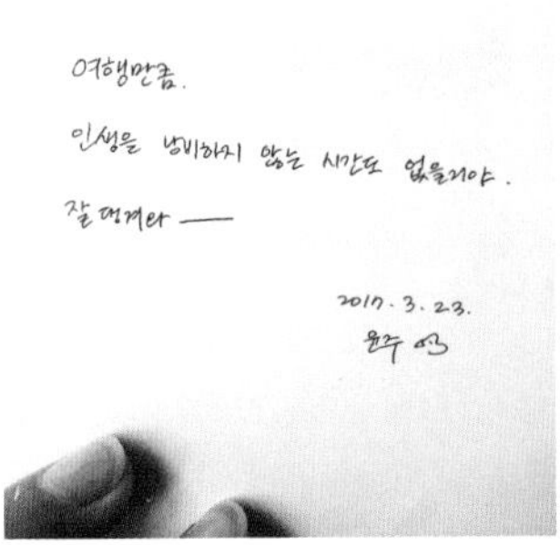

"여행만큼 인생을 낭비하지 않는 시간도 없을 거야."
— 사수였던 차장님의 편지

PART 3

테이크 오프

스스로 행복해지기 위해

Take Off

이때다 싶은 타이밍이 있다. 활주로를 달리다가 어느 순간 하늘로 날아오르는 비행기처럼. 다가오는 파도 앞에서 힘차게 패들을 하던 서퍼는 파도와 하나가 된 느낌이 든 그 순간, 몸을 일으켜 세운다. '테이크 오프'에서 가장 중요한 것은 포지션(보드 위에서 서퍼의 위치)과 타이밍이다. 몸은 보드의 중앙에 둔다. 앞뒤 좌우의 균형을 잘 맞추어야 한다. 알맞은 파도와 올바른 위치, 그리고 적절한 타이밍. 이 모든 것이 어우러져 테이크 오프를 완성한다. 노력으로 올바른 위치를 유지하고 타이밍을 알아챌 수 있을지는 몰라도 알맞은 파도만큼은 끝내 우리의 통제를 벗어난다. 인생에서 일어나는 모든 중요한 일들이 그러하듯이. 우리는 다만 넘어지고 넘어지며 계속 일어설 뿐이다.

몇 달 전, 정확히는 올해 초
퇴사를 결심하고 티켓을 끊었던 그때
모든 도로가 파도로 되어 있고
사람들이 파도를 타며 출퇴근하는
희한한 꿈을 꿨다.

그러니까, 지금 나는
그 꿈속에 살고 있다.

새로운 시작, 새로운 이름

'미아 프롬 코리아'의 탄생

"We are so happy you're here."

- 골드코스트 공항 입국장에 쓰인 환영 문구

한국에서 '호주 서핑' 하면 단연 '골드코스트'였다. '서퍼스파라다이스'라니, 이름만 들어도 짜릿하지 않은가. 열다섯 시간의 비행 끝에 마침내 나는 서퍼스파라다이스가 있는 골드코스트에 도착했다. 공항을 나오자마자 나를 반긴 것은 말도 안 되게 파란 하늘이었다. 나는 2017년 4월 1일에 출국했는데, 그즈음 서울은 미세먼지를 심하게 앓고 있었고 그날의 하늘은 내가 본 서울 하늘 중에서도 최악이었다. 인천공항으로 향하는 공항철도 안에서 한강을 내

골드코스트 공항 입국장에는 "We are so happy you're here(당신이 여기에 와서 너무나 기쁩니다)"라고 적혀 있었다. 서퍼들의 낙원에 와서 기쁜 사람은 오히려 나였는데.

다보고 싶었지만, 창밖은 미세먼지와 황사가 뒤섞여 뿌옇다못해 누런 빛깔이었다.

"태평양이 하늘에 있네."

작년 가을, 하늘을 보고 J가 했던 말이다. 그거 알아? 골드코스트에는 파란 하늘이 바다에도 있고 하늘에도 있다?

첫 숙소인 백팩커에 짐을 풀고, 골드코스트 번화가에 위치한 옵터스라는 통신사에 찾아가 호주 심카드를 발급받았다. 거리는 온통 관광객들로 북적였고, 그들의 눈을 사로잡기 바쁜 상점, 레스토랑, 바, 클럽 들이 즐비했다. 'Kingdom of Condom'이라는 콘돔숍이 눈에 띄었다. 귀여운 콘돔 캐릭터가 엄지를 치켜세우고 있었다.

나중에 알고 보니 서퍼스파라다이스는 서핑뿐 아니라 말 그대로 서퍼들의 파라다이스, '서퍼들이 놀기 좋은 곳'으로 유명했다. 아무렴 어때. 하늘은 파랗고, 사람들은 즐겁고(실제로 거리에서 춤을 추는 사람들도 있었다), 출근도 안 하고, 맥주는 당기고. 그렇지, 한잔해야지. 바다가 보이는 바에 들어가 탭 비어를 시켰다(호주에서는 드래프트를 탭이라 한다).

"Where are you from?"

옆 테이블 사람들이 말을 걸었다. 맞다. 그런데 나 호주 이름은 뭐로 하지? 한국 이름을 그대로 쓸 수도 있었지만, 외국 사람들이 알아듣기도 발음하기도 어려웠다. 무엇보다 남반구에서 새로운 시작을 한 나에게 새 이름을 지어 주고 싶었다. Cheers! 맥주를 마시며 한국 친구들에게서 수집해온 이름 후보 리스트를 보여주었다.

"Mia 괜찮은데?"

어느새 친구가 된 옆 테이블 사람들이 말했다. 그러게. 내 이름과도 비슷하고, 쉽고, 게다가 한창 빠져 있었던 영화 〈라라랜드〉의 에마 스톤과도 같은 이름이었다.

"이제부터 나는 'Mia from Korea'야!"

벌리 헤즈와 삼겹살 12인분

슈퍼 호스트와 슈퍼 게스트가 만나면

서퍼스파라다이스에서 차로 20분 거리에 위치한 작은 타운, '벌리 헤즈Burleigh Heads'를 찾은 건 순전히 에어비앤비 덕분이었다. 생애 첫 에어비앤비인 데다, 혼자 지내기 조금 겁이 나서 평점과 리뷰를 꼼꼼히 살펴본 끝에, 골드코스트 안에 있는 '슈퍼 호스트'를 골랐다. 이후 에어비앤비를 자주 이용하며 알게 된 사실인데, 에어비앤비 호스트로는 부부, 연인, 아니면 게이 커플이 가장 좋다(안전하고 깔끔하다. 어디까지나 주관적인 의견이지만). 물론 슈퍼 호스트는 슈퍼 좋다. 벌리 헤즈 에어비앤비에 도착하자 호스트인 그레그Greg와 마고Margot가 푸근한 미소로 날 반겨주었다.

여행은 내 세계를 넓힌다. 동시에 취향을 좁힌다. 하와이에서는 와이키키보다 마우이나 노스 쇼어가 좋았고, 일본에서는 오사카보다 교토와 시코쿠가 훨씬 좋았다. 29년을 서울에서만 살아온 탓인지, 내 여행 취향은 철저히 작은 도시 혹은 타운 들로 좁혀졌다.

벌리 헤즈에 도착하자마자, 나는 서퍼스파라다이스보다 그곳이 훨씬 나와 잘 맞는다고 생각했다. 동시에, 아마도 이번 여행의 목적지 중에 시드니는 없을 것이라는 직감이 들었다(물론 시드니도 좋다고 들었다. 나는 그저 큰 도시를 피하고 싶었을 뿐이다). 작은 골목과 아기자기한 상점들. 커다란 나무들이 건물보다 높이 솟은 곳. 벌리 헤즈는 그런 곳이었다.

그곳에서 열흘 가까이 지냈다. 매일 아침 해변을 산책하고, 서핑 포인트를 찾아 나섰다. 서핑을 한 뒤에는 배가 무척 고팠다. 하루는 에너지가 한 톨도 안 남은 몸을 이끌고 돌아와서 그레그에게 물었다.

"호주에서 네가 가장 좋아하는 음식이 뭐야?"

그는 대답했다.

"코리안 바비큐."

그 말이 한국인인 나 듣기 좋으라고 한 말이 아니었음을 깨닫는 데까지는 그리 오래 걸리지 않았다. 호주 음식을 떠올리면 사실 뭐가 없다. 그동안 내가 먹은 것은 햄버거, 피시앤칩스, 미트파이 정도. 그레그는 언젠가 코리안 바비큐를 식당에서 먹어봤다고, 정말 맛있었다고 했다. 며칠 뒤, 그레그가 물었다.

"내일 친구들이 집에 놀러오는데, 코리안 바비큐 해줄 수 있어?"

골드코스트에 있는 한인마트에서 재료는 얼마든지 구할 수 있었다.

"그럼! 몇 명이나 오는데?"

"음… 한 열두 명?"

골드코스트 한인마트에는 없는 것이 없었다. 냉동 삼겹살부터 양념된 제육볶음, 김치, 깻잎, 심지어 쌈무까지. 재료들을 보니 왠지 욕심이 생겼다. 제육볶음도, 김치찌개도, 불닭볶음면도 맛보여주고 싶었다. 그렇게 우리는 엄청난 양의 식재료를 샀다. 깻잎도 서비스로 몇 장 더 받았다(이 감동을 온전히 전할 길이 없어 무척 아쉬운데, 호주에서 깻잎은 정말 귀하다).

그곳에는 심지어 '유정임'이라는 명인의 '포기김치'도 있었다. (이 자리를 빌려 감사를 표합니다, 정임 님. 덕분에 김치찌개를 포기하지 않을 수 있었어요!)

나는 12인분의 삼겹살을 굽고, 제육볶음을 만들고, 김치찌개를 끓이기 시작했다. 친구들이 하나둘 도착했고, 맥주를 나눠 마시며 음식을 날랐다. 반응은 폭발적이었다. 삼겹살은 말할 것도 없고, 쌈장과 쌈무 등 부재료도 큰 인기를 끌었다. 베지테리언이라는 한 친구는 이 'Pickled Radish'에 무척 감명받았다며, 쌈무에 밥을 싸 먹었다.

모두가 코리안 푸드에 취한 밤. 분위기는 무르익었고, 기분이 좋아진 그레그가 사람들에게 내 이야기를 하며 건배를 권했다. 오늘의 요리사 미아에게 무척 감사하다고. 모두가 입을 모아 외쳐대기 시작했다.

"Mia! Mia! Mia!"

"잠깐만, 나 영상 좀 찍어도 돼?"

이 책이 동영상 지원이 되지 않는다는 사실이 너무나 안타깝다. 영상을 본 한 친구는 내가 호주에서 출마라도 한 것 같다고 했다. 12인분의 삼겹살과 제육볶음, 김치찌개로 지지율은 상승세에 있었다. 그리고 마지막 대망의 불닭볶음면으로, 그날 밤 벨리 헤즈 지역구는 뜨겁게 타올랐다.

그레그는 한식에 푹 빠진 게 분명했다. 다음 날에는 짜장라면 끓이는 방법을 알려달라고 했다. 나는 손수 시범을 보여주며 물을 끓인 뒤 면과 건더기 스프를 먼저 넣고, 면이 어느 정도 익으면 물을 따라 버린 다음, 분말 스프와 올리브기름을 넣고 비비면 된다고 상세히 알려주었다. "계란프라이를 꼭 얹어야 해. 서니 사이드 업으로!"라는 꿀팁도 함께. 내가 체크아웃하던 날 아침, 그레그는 짜장라면에 계란프라이를 얹어 포크로 돌돌 말아 먹고 있었다.

인생은 막차를 타고

막차 타고 온 워킹홀리데이

좋아하는 색으로 챙겨온 파란 러닝화와 에어비앤비 호스트에게 빌린 파란 자전거. 파란 바다. 파란 하늘. 느릿느릿 자전거를 타고 야생동물 생크추어리sanctuary에 코알라와 캥거루를 만나러 가던 길이었다. 구글 맵을 따라가던 중, 문득 '팜 비치Palm Beach'라는 표지판에 이끌렸다. 그렇게 무작정 샛길로 빠졌다. 그리고 눈앞에 펼쳐진 끝없는 바다와 초록빛 풀밭. 아무도 없는 조용한 해변.

어쩌면 내 인생은 항상 그랬다. 늘 샛길로 빠졌다. 고등학생 시절에는 연극에 빠져 친구와 없는 돈에 연극을 보러 다녔다. 대학 시절에는 학과 공부보다는 동아리 활동

에 더 관심이 많았다. 그리고 입사 후에는… 다들 알다시피 서른의 나이에 '막차' 타고 호주에 왔다.

"Catch up the Wave!"

다이어리에 적어놓은 그 주의 목표였다. 파도 하나만 잡으면 한 주의 목표를 달성하는 것이다. 막차 타고 온 호주에서 나는 막차 인생을 마음껏 즐기려고 한다. 샛길로 빠져 만난 비치에서 다시 한 번 확인했으니까. 이런 샛길들을 통해 나는 분명 더 많은 것들을 발견하고 있음을. 이런 막차 인생이라면 언제까지든 해볼 만하다는 것을.

바지런 가지런 바이런

'파도 공장'을 방문하다

"Many Asian people come here for surfing. And die."

(많은 아시아인들이 여기에 서핑을 하러 와. 그러고는 죽지.)

전직 호주 챔피언이었다는 인상 좋은 서퍼 할아버지가 벌리 헤즈에 처음 도착한 내게 해준 말이었다.

벌리 헤즈에 머물면서 골드코스트 근처에서 갈 수 있는 서핑 포인트들은 거의 다 가보았다. 그중에서도 쿨랑가타Coolangatta는 매년 WSLWorld Surf League이 열릴 정도로 유명한 곳이었다. 나는 그 유명한 쿨랑가타에 왔다는 생각에 뭣도 모르고 서프보드를 빌려 무작정 나갔다(초보는 겁이 없다).

해변에 도착해서야 전직 호주 챔피언 할아버지가 해준

말을 몸으로 느낄 수 있었다. 웬만한 성인 남자의 키는 우습게 넘어서는 파도. 팔에 감각이 없어질 정도로 패들을 했지만 엄청난 힘을 가진, 쉴 새 없이 들어오는 파도에 끝없이 밀려났다. 라인업 근처라도 가보려다 그곳에서 생을 마감할 것 같았다. 옆 사람의 보드가 세 등분으로 쪼개지는 걸 내 눈으로 본 것도 처음이었다.

열다섯 시간을 비행해와서야 안 사실은, 골드코스트의 파도는 대부분 내가 탈 만한 수준이 아니라는 것이었다.*

'호주 서핑=골드코스트'라는 공식은 무너졌다.

대신 새로운 공식이 성립되었다. '호주 서핑=Anywhere!' 조금 더 밑으로 내려가면 있다며, 사람들은 바이런 베이Byron Bay를 추천했다. 파도가 훨씬 부드럽고 좋다고 했다. 바이런 베이라, 그러고 보니 어디서 들어본 것도 같았다. '호주 서핑'을 검색해 들었던 모 팟캐스트의 어느 편에선가 정재형 씨가 이야기했었다. 골드코스트 옆에 위치한 작은 마을이고, 개인적으로 골드코스트보다 좋았다고도 했던 것 같다. 그 이야기를 떠올리며 나는 다시 바이런 베

* 커럼빈Currumbin과 듀란바Duranbah 등의 포인트에서는 초보도 서핑이 가능하다.

이로 향했다.

바이런 베이는 골드코스트에서 차로 한 시간 남짓 남쪽으로 내려오면 있다(버스로는 두 시간 반이 걸렸다). 호주에서 바이런 베이는 자유로운 영혼들이 모인 '히피 타운'으로 통한단다. 언제부턴가 관광객들이 몰린 탓에 히피들의 문화는 퇴색되었다고 했지만, 거리에는 여전히 무언가에 취한 듯한 사람들이 많았다. 여기저기서 자유의 냄새가 솔솔 풍겼다.

바이런 베이에는 더 패스The Pass라는, 파도가 어마어마하게 좋은 서핑 포인트가 있다. 그러나 여전히 일자무식했던 나는 첫날 더 패스를 찾는 대신 눈에 보이는 메인 비치에 무작정 들어갔고, 그곳에서 젤리피시의 습격을 당했다.

물속에 물컹하고 이상한, 살구색 고깃덩어리 같은 것들이 떠다니는 게 보였다. 그것들이 근처에 올 때마다 따끔거렸는데, 젤리피시가 투명하고 예쁜 색인 줄만 알았던 나는 쏘이고 있는 줄도 몰랐다. 물 밖으로 나오니 다리 여기저기에 정체 모를 흔적들이 보였다. 라이프가드들에게 묻자 젤리피시에 쏘인 자국이라고 했다. 나는 생명의 위협이라도 느낀 듯 펄쩍 뛰었는데, 그들은 늘 있는 일이라며 아무렇지 않게 칙, 스프레이를 뿌려주고 말았다.

다음 날 자전거를 타고 타운을 돌던 중, 나는 그 유명한 더 패스를 발견했다. 그길로 자전거를 세워두고 서프숍을 찾아 보드를 빌렸다. 숍에서 더 패스까지는 걸어서 삼십 분. 지금 생각해도 미친 짓이지만, 그 무거운 롱보드를 머리에 이고 삼십 분을 걸었다. 초등학교 시절 짝꿍과 싸운 벌로 의자, 아니 책상을 들고 있어야 했던 기억이 떠올랐다. 차가 있어야 사람 구실을 하겠다는 반성을 하며 걸어온 끝에, 더 패스에 도착했다.

바지런 가지런. 이래서 바이런 바이런 하는 거였어. 더 패스에는 부드럽고 깨끗한 파도가 끝도 없이 들어왔다. 한국 서퍼 친구에게 사진을 보여주니, "파도 공장이네" 했다. 좋은 파도를 공장처럼 찍어낸다는 말이었다.

바이런 베이에서 발견한 또 한 가지 사실은, 호주에는 정말이지 다양한 서퍼들이 많다는 것이다. 젊은 층 위주로 서핑 문화가 발달한 한국과는 달리, 이곳의 사람들에게 서핑은 삶 자체로 보였다. 비키니를 입은 여든 살의 할머니 서퍼, 보드 쇼츠만 입은 할아버지 서퍼들은 물론, 아

가지런한 파도가 바지런히 들어오는 바이런 베이

빠와 나란히 보드를 옆구리에 끼고 나가는, 네댓 살 정도 되어 보이는 아이들도 있었다. 같이 이야기를 하던 라이프가드 친구도 하루 종일 앉아 있는 게 지루하다더니, 어느 순간 나와서 파도를 타고 있었다.

모두 다른 모습을 한 서퍼들이 오가는 바다를 바라보며 나는 새로운 목표를 세웠다. 여든이 되어도 비키니 입고 파도를 타는 섹시한 할머니 서퍼가 되기로. 흰머리를 휘날리며, 근육질 할아버지 서퍼들의 마음을 사로잡기로.

여기서 살게 될 것 같아

딱 좋은 온도와 딱 좋은 파도의 '그곳'

골드코스트부터 바이런 베이까지, 2주 동안 열심히 싸돌아다녔다. '이제 어디로 가지? 일하고 살 곳도 찾아야 하는데'(그렇다, 나는 워홀러였다)라는 생각이 들 때쯤, 한국에서 어느 서퍼 친구가 알려준 '그곳'이 떠올랐다.

"호주에 누사Noosa라는 데가 있는데, 여기가 파도도 좋고, 특히 롱보드 타기 그렇게 좋대."

친구가 보내준 누사 서핑 영상에는, 바닥이 훤히 보일 정도로 맑은 물과 그 위의 부드러운 파도를 춤추듯 타고 있는 롱보더들이 보였다. 이게 현실이라고? 호주에서 만난 친구들에게 물었다. 가봤다는 이들도, 안 가본 이들도 반응은 한결같았다.
"호주 사람들이 가장 좋아하는 곳이야."

그래, 누사에 가보자. 구글 맵으로 찾아보니 바이런 베이로부터 아홉 시간. 30kg에 육박하는 짐과 함께 아홉 시간이라. 약간 아찔했지만, 뭐 남는 게 시간이고, 차 없는 건 내 죄고(죗값 달게 받고 있다). 바로 백팩커와 에어비앤비를 예약했다. 열다섯 시간을 날아왔는데, 아홉 시간쯤이야.

…라고 생각은 했었지만 현실은 7kg이 넘는 백팩을 메고, 20kg에 육박하는 캐리어를 끌고 30분 거리의 버스 정류장까지 가는 것도 버거운 나였다. 그때, 이를 애처롭게 쳐다보던 한 아저씨가 어디까지 가냐고 묻더니 차로 가면 금방이라며 캐리어를 번쩍 들어올려 뒷좌석에 실어주었다. 반대쪽 문을 열어 차에 올라타니, 조수석엔 똘망똘망 귀여운 아들이 타고 있었다.
멀게만 보였던 버스 정류장은 차로 오니 10분도 안 걸리는 거리에 있었다. 아저씨는 누사까지 간다니, 먼 길 안전하게 여행하라며 "굿 럭!" 하고 행운을 빌어주었다. 아홉 시간 여정의 아름다운 시작이었다.

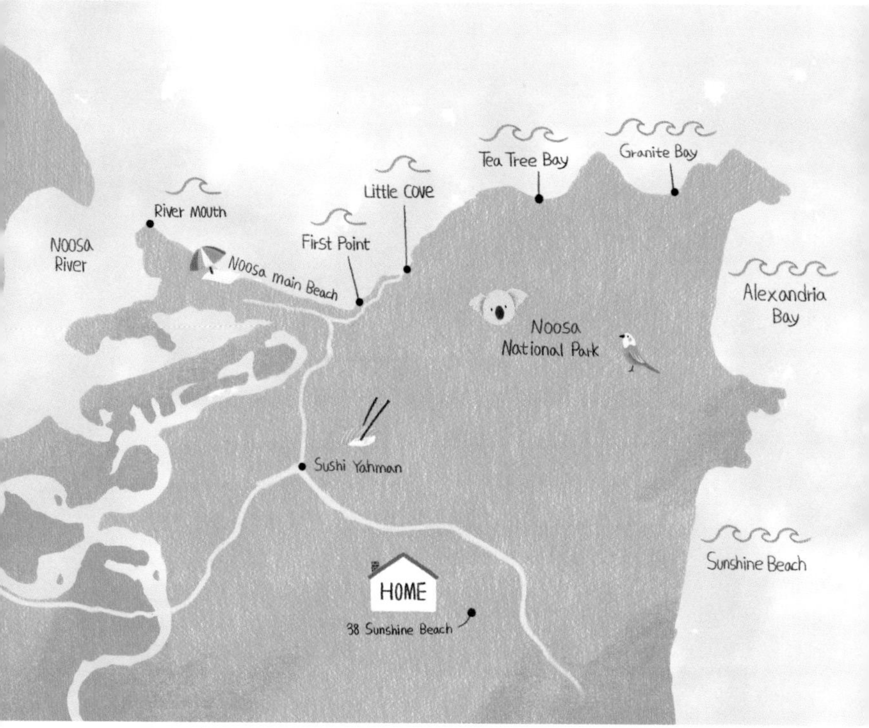

'누사 헤즈Noosa Heads'에서 'Heads'란 우리말로 툭 튀어나온 '곶' 같은 의미다. 베이Bay는 '만'과 같다. 태평양의 거칠고 강한 파도는 튀어나온 모양의 누사국립공원을 돌아 누사의 다양한 베이에 적당한 크기로 유입된다. 이것이 누사의 파도가 부드럽고 친절한 이유다.

누사까지는 버스를 타고, 기차를 타고, 정말로 아홉 시간이 걸렸다. 도착했을 때는 어느새 해가 지고 있었다. 여덟 시, 이르다면 이른 시각이었지만 시골답게 동네는 캄캄하고 조용했다. 마지막 버스에 올라타는데, 기사 아저씨가 처음부터 캐리어의 무게를 직감하고는 이곳에 놓으라며 앞좌석 의자를 올려주었다.

구불구불한 길을 달리던 도중에는 멋대로 춤추는 캐리어를 붙잡고 있는 나를 위해 차를 잠시 세우더니, 자기의 조끼를 벗어 손잡이에 매달아주었다. 어디까지 가냐고 묻고는, 어차피 퇴근 시간이고 가는 길이라며 숙소 앞까지 데려다주었다. 하아. 눈물 나게 길고도 눈물 나게 고마웠던 하루였다. 땡큐 오스트레일리언!

다음 날 아침, 처음 가본 누사 메인 비치에서 나는 직감했다.

딱 좋은 온도와 딱 좋은 파도.

여기서 살게 될 것 같아.

선샤인 비치 38번지

작고 오래된, 사랑스럽고 싱그러운 집

호주에서는 집이나 일자리를 구할 때, 혹은 뭐든 사고 팔 때 검트리Gumtree를 이용한다. 한국의 중고나라와 같은 사이트인데, 규모가 훨씬 크다. 뭐든지 다 있다고 보면 된다. 그만큼 믿을 수 없는 정보도 많다고 한다. 우리네 중고나라가 늘 평화롭듯이.

내가 이용한 사이트는 플랫메이트Flatmates라는, 집을 찾거나 셰어메이트를 구하는 용도로 만들어진 곳이었다. 호주 친구 한 명이 추천해주었는데, 처음에는 가입비를 내야 한다. 한 번 가입비를 내고 나면 일정 기간 동안 무제한으로 사용할 수 있으며, 사용자 등록을 할 때 페이스북 등 자신의 소셜미디어를 연동하여 개인 정보를 어느 정도 공개한다. 그러니 조금은 더 믿을 수 있다. 그곳에서 나는 블리스Bliss의 집을 찾았다.

보통 워킹홀리데이를 오면, 집보다 잡Job을 먼저 구한다고 한다. 집을 먼저 구해서 살기 시작했는데, 일자리를 못 구해 돈을 벌지 못하면 곤란해지기 때문이다. 누사에 살고 싶은 마음은 굴뚝같았지만 일이 어떻게 될지 모르니 쉽게 결정할 수 없었다. 그러는 사이 누사에서 백패커와 에어비앤비를 전전한 지 2주가 지나 있었다.

호주는 4월부터 비수기라고 모두가 이야기했는데, 정말 그랬다. 나보다 훨씬 영어를 잘하는 아시안 친구들, 유럽 심지어 영어에 전혀 무리가 없는 미국 친구들도 일자리를 구하지 못했다. 다들 절레절레 고개를 저으며 다른 도시로 떠나는 모습을 보고, 이곳에 있는 게 맞는 걸까, 과연 이 작은 타운에서, 비수기에, 영어도 못하는 내가 일을 구할 수 있을까 하는 생각이 백만 번 들었다. 하지만 나는 이곳에서 살고 싶었다.

"돈 벌러 거기 간 거야?"

J가 물었다. 그 말에 순간 아차 싶었다. 맞아, 나 서핑하러 왔지. 호주에 온 목적을 다시 상기시키자 답은 간단했다. 떼돈 벌자고 온 게 아니라 파도를 타러 온 거니까. 그러려고 필사적으로 돈을 모아 왔으니까. 자금이 허락하는 한, 나는 파도가 아름다운 곳에 있어야 했다. 그렇게 집을 알아보기 시작했고, 처음으로 방문한 블리스의 집에서 나는 단번에 느낄 수 있었다. 이곳이 내가 살 집이라는 걸.

선샤인 비치 38번지. 작고 오래된, 사랑스럽고 싱그러운 집.

블리스는 그곳의 집주인이자, 브랜든Branden의 파트너이자, 6주 후면 태어날 아기 루나Luna의 엄마였다. 꽃과 풀과 가드닝을 사랑한다는 블리스의 말대로, 집은 온통 초록초록 싱그러운 것들로 둘러싸여 있었다. 그녀는 양질의 흙을 개발하기 위해 뒷마당에 웜Worm들을 기르는 중이라고 했다. 블리스와 몇 마디를 주고받은 뒤, 나는 바로 집을 계약했다. 사람도 집도 꽃도 정원도, 모든 것이 마음에 들었다.

38, Sunshine Beach

처음엔 파도에 반했고,
밤이면 쏟아질 듯한 별들에 반했고,
지낼수록 사람들의 미소와 여유
그리고 너그러움이
나를 따뜻하게 만들었다.

저녁 일곱 시만 되어도 불빛 없이 캄캄하고,
흔한 맥도널드도 마을 통틀어 하나뿐인,
마트도 여섯 시면 문 닫는 조용한 마을.
외모와 다르게 시골이 적성에 맞는 나는
여기서 살아보기로 작정했다.

I got it (1)

파도 잡기

'구더기 무서워 장 못 담근다.'

옛말 틀린 거 하나 없다더니, 그즈음 내가 딱 그 꼴이었다. 누사의 퍼스트 포인트First Point는 바다에서 바라본 왼쪽으로 암초 밭이 있는 것 빼고는, 롱보더들에게 손에 꼽을 정도로 근사한 곳이다. 너무 세거나 빠르지 않은 파도가 해변 안쪽까지 들어와서 충분히 라이딩을 즐길 수 있다. 고른 간격으로 끝없이 밀려들어오는 파도를 감상하는 기쁨은 덤이다.

그런데 요 며칠 이 천국 같은 곳에 있으면서도 파도 잡기가 부쩍 힘들었다. 파도도 나쁘지 않았고, 패들도 죽어라 했고, 심지어 같이 서핑하는 친구들이 지금이라고 내가 탈 파도의 타이밍을 알려주기까지 했는데도 말이다. 이 정도면 파도가 아깝다고 봐야 했다.

그날도 수십 번의 파도를 놓친 끝에, 그 이유를 알게 되었다. 일본 친구가 말해주는 순간, "맞아" 하고 고개를 끄덕였다. 어느 정도 직감하고 있던 터였다. 방향이 문제였다. 이곳의 파도는 왼쪽으로 들어오기 때문에 파도를 잡기 위해서는 왼쪽으로 패들을 해야 한다. 그런데 왼쪽 사이드에는 물 밑으로 오이스터 록Oyster Rocks이라고 하는 따개비가 다닥다닥 붙은 돌들이 깔려 있어 부딪히면 다치기 십상이었다.

2주 전, 파도를 잡아 타고 신났던 순간, 나는 암초 밭으로 돌진했다. 다행히 다치진 않았지만 빌린 보드의 핀Fin이 부러져 있었다. 그 트라우마 때문일까, 나는 무의식적으로 파도가 올 때마다 조금씩 오른쪽으로 패들을 하고 있었다. 앞을 봐야 하는 내 시선도 자꾸 보드에만 처박혔다. '테이크 오프를 한 뒤에 방향을 바꾸면 돼.' 속으로 수십 번 되뇌었지만, 결정적인 순간마다 나도 모르게 방향이 어긋나고 말았다. 두려움 때문이었다.

수십 개의 파도가 스쳐 지나가는 사이 시간은 흘렀고, 함께 바다에 있던 사람들은 하나둘 떠나갔다. 하지만 나는 돌아갈 수 없었다. 스스로가 너무 우스웠다. 서핑 실컷 하겠다고 회사도 때려치우고, 생존 영어 꾸역꾸역 해가며 여기까지 왔는데. 고작 암초 밭에 한 번 꼬라박았다고 두려워하는 내 모습이 너무 바보 같았다.

"문제를 해결하는 첫 번째 열쇠는 문제가 무엇인지 파악하는 데 있다."

동아리에서 광고 기획에 대해 배울 때, 멘토 선배는 늘 'problem'을 발견하는 게 중요하다고 했다. 어떨 때는 문제를 발견하는 것이 동시에 해결책이 되기도 한다(이는 현업에서도 마찬가지였다). 이제 나는 나의 문제가 무엇인지 직면했다. 그러니 어떻게든 고쳐내고 싶었고 고쳐낼 수 있다고 생각했다. 계속 패들을 하고, 방향을 바로잡고, 두려워서 보지 못했던 암초를 정면으로 응시했다. '괜찮아, 일단 파도를 잡은 다음에 방향을 바꾸면 돼. 부딪치는 일 없을 거야.' 끊임없이 되뇌며 또다시 수십 번의 시도를 한 끝에, 나는 (체감상) 아주 오랜만에 정확히, 제대로, 파도를 잡을 수 있었다. 보드도, 암초도, 나도 다치지 않았다.

I got it (2)

일 구하기

"Hello, Mia? This is Sera from⋯."

사전 투표를 할 겸 브리즈번을 여행하고 있을 때였다(대선 투표를 위한 임시 영사관이 브리즈번에 있었다). 일자리를 구하려고 이력서를 냈던 한 재패니즈 레스토랑에서 연락이 왔다. 다음 주에 면접을 볼 수 있냐고 했다. 슈어, 와이 낫? 짐을 챙겨 바로 누사로 향했다.

자신을 '세라'라고 소개한 매니저는 알고 보니 한국인이었다. 한국인 앞에서 영어로 내 소개를 하자니 왠지 더 민망했다. 진땀을 뺀 면접이 끝난 후, 이번 주에 잡 트라이얼Job trial(호주에서는 본격적으로 일을 하기 전에 하루 정도 시험 삼아 일을 시킨다)을 하러 오라고 했다. 일이 일찍 풀렸다는 생각에 마냥 신이 났었다. 그런데 잡 트라이얼이 끝난 뒤, 이틀 내로 준다던 연락은 일주일이 지나도록 감감무소식이었다. 레스토랑에 다시 찾아가니 세라는 없고 다른 한국인 매니저가 있었다. 그녀는 최대한 빨리 연락을 주겠다고 했다. 다음 날 나는 달랑 문자 하나를 받았다.

"지금 비수기라 너무 한가해서 채용이 힘들 것 같아요. 죄송합니다."

응? 그런 거면 면접은 왜 봤고, 잡 트라이얼은 왜 시킨 거지? 그냥 하루 무료봉사한 거야, 나?

외국에 나가면 한국 사람을 조심하라고들 한다(물론 좋은 사람도 분명 있을 것이다!). 알고 보니 그 레스토랑은 사장부터 매니저까지 모두 한국인이었는데, 직원들을 싼값에 이용하고 버린다는 이야기가 들려왔다. 한 일본 셰프는 취업 비자*를 준다는 약속을 받고 전 메뉴를 구성해주었으나, 그들은 비자를 내주지 않았다고 했다. 그 이야기를 들은 이후로 나는 한국인이 운영하는 가게는 지원하지 않기로 했다.

* Work Visa. 이 비자를 발급받으면 2년 뒤 영주권을 신청할 수 있다.

파도를 잡는 것 못지않게, 누사에서 일자리를 구하는 것 또한 쉽지 않은 일이었다. 지난 한 달간, 나는 태어나서 가장 단기간에 가장 많은 거절을 당했다. 50장이 넘는 이력서를 돌렸고, 60군데 가까이 발로 찾아갔고 (이로써 누사에 있는 레스토랑의 90퍼센트는 미아 프롬 코리아를 알게 된 셈이다) 난처한 표정과 함께 "Sorry"라는 답변을 70번은 들었다. 휴양지인 이곳은 4, 5월이 비수기의 절정이었고, 나는 외국인이고, 아시안이며, 워홀러였다.*

"너 영어도 못하는데 거기서 접시라도 닦아야 되는 거 아냐?"

호주에 오기 전 J는 내게 말했다. '접시 닦는 일이라고 많은 줄 아니?' 그랬다. 특별한 기술 없이 할 수 있는 일은 경쟁이 어마어마하게 치열했다. '일자리가 많은 도시로 가야 하나' 하는 고민이 수없이 들었지만, 답은 늘 같았다. '나는 여기에, 바다가 아름다운 누사에 살고 싶어.' 이미 집도 계약한 상태였다.

* 2년까지 체류가 가능한 세컨드 비자를 발급받지 않은 이상, 단기적으로 일을 한다는 생각에 워킹홀리데이 비자로 온 사람을 기피하는 사장들이 실제로 많다.

"됐다 싶을 때, 패들을 딱 두 번만 더 하세요!"

문득 이 말이 생각났다. 기사문에서 처음으로 그린 웨이브를 잡던 날, 발버둥치던 내가 파도를 잡을 수 있도록 도와준 말이었다. 그 기억을 떠올리며, 일하고 싶었던 레스토랑에 딱 두 번씩 더 찾아가 천연덕스럽게 웃으며 물었다.

"How's it going? With my resume?"

(요즘 어때요? 제 이력서는 잘 있나요?)

얼마 뒤, 가장 일하고 싶었던 스시 레스토랑으로부터 연락을 받았다. 뉴질랜드 출신 호주인 켈리Keli와 일본인 미즈키Mizuki 부부가 운영하는 레스토랑이었다. 보스인 켈리는 내가 남긴 이력서가 기억에 남았으며(나를 에너자이저라고 소개하며 이력서에 에너지바를 붙였다) 그 뒤로도 쉬는 시간마다 찾아와 안부를 묻던 뻔뻔한 모습이 인상적이었다고 했다. 그곳에서 잡 트라이얼을 마치고(물론 하루치 급여도 받았다), 호주에서의 첫 잡을 얻었다. 믿기지 않았다. 딧 아이 겟 어 잡?Did I GET a JOB?

그동안 수없이 많은 곳을 돌아다니며, 때로는 면접을 보다가 스시롤을 말았고, 잡 트레이닝이랍시고 바에서 쉴 새 없이 설거지를 하며 하루간 무료봉사를 하기도 했다. 짜증나고, 화나고, 무기력해지는 순간도 있었지만, 99번 실패하고 한 번 성공하면 된 것. 이제 본격적으로 '워킹'하며 '서핑'하는 '서핑홀리데이'가 시작되었다!

Surf Mates

바다에서 만난 친구들

대부분 백인 서퍼들로 가득한 호주 바다에서, 피부색이 같은 서로를 알아보는 건 그리 어려운 일이 아니었다. 까맣게 탄 피부에 하늘색 슈트, 천진난만한 웃음. "Where are you from?"으로 시작된 우리의 대화는 끊길 줄 몰랐다. 아키코Akiko와의 첫 만남이었다.

이곳에서는 친구를 '마이트Mate'(미국식으로는 메이트로 읽지만 호주 발음으로는 마이트에 가깝다)라 한다. 아키는 바다 위에서 만난 나의 첫 서프마이트였다. 처음 파도를 잡을 때 옆에서 도와준 것도, 내가 일하게 된 스시야만Sushi Yahman에 일자리가 있다고 처음 알려준 것도 아키였다. 우리는 함께 일했고, 함께 파도를 탔다.

하루는 아키가 선샤인 코스트Sunshine Coast 서프 필름 페스티벌Surf Film Festival에 가자고 했다. 장소는 셸리 비치Shelly Beach 쪽에 있는 빅 스크린Big screen이라고 했다. 버스를 타고 두 시간 남짓 걸려 도착한 비치. 금방 눈에 띌 줄 알았던 빅 스크린은 아무리 찾아도 보이지 않았다. 구글링을 해도, 사람들에게 물어봐도 찾을 수 없었다. 한 시간 넘게 헤맨 끝에, 우연히 찾은 페스티벌 행사장에서 우리는 '빅 스크린'이 해변에 설치된 스크린이 아닌, 극장 이름이라는 것을 알게 되었다. 학창 시절 교실에 있던 칠판 정도 크기의 스크린이 설치된, 빅 스크린 시네마Big Screen Cinema.

빅 스크린에서 우리는 두 편의 영화를 봤다. 그중 〈North of the Sun〉이 기억에 남았다. 두 노르웨이 청년이 노르웨이의 최북단, 해도 뜨지 않는 곳에서 아홉 달 동안 집을 짓고 살며 서핑을 하는 다큐멘터리 영화다. 기름이 어는 정도에 따라 매일의 온도를 체크할 정도로 추운 곳에서, 그들은 얼어붙은 웨트슈트와 장갑을 뜨거운 물로 녹여가며 매일 서핑을 하고 바다에 버려진 쓰레기를 줍는다. 몇 달 만에 해가 뜬 날에는 설산에 올라가 스노보드를 탄다. 미친놈들이었다. 그런데 내리쬐는 햇빛에 반짝이는 눈밭을 가르는 그들의 얼굴은 더할 나위 없이 행복해 보였다. 제대로 미친놈들이었다.

돌아오는 버스 안에서 우리는 각자 생각에 잠겼다. 아키는 나보다 두 살이 많고, 일본은 우리나라 못지않게 '여자의 나이'에 민감하다. 아키의 친구들도 대부분 결혼을 하고 정착을 했겠지. 더 모험을 해야 할지, 언제까지 할 수 있을지, 우리는 서로 다르지만 분명 같은 고민을 하고 있었다. 그리고 함께 본 영화가 어느 정도 해답이 되어준 것도 같았다.

스투이Stui를 만난 것은 단골 바에서였다. 보드가 없어 매일 서프숍에서 보드를 빌려야 했던 나에게, 스투이는 자기의 보드를 언제든 써도 된다고 말해줬다. 9'2", Single fin, Laguna Bay. 베이지색의 심플한, 꽤 괜찮은 보드였다. 메인 비치에서 15분 정도 떨어진 그의 집까지 매일 자전거로 출퇴근한 지 몇 주 뒤, 스투이는 주문한 새 보드가 곧 올 것이라며, 이 보드를 팔 생각이라고 했다.

"그럼 내가 사도 될까?"

"당연하지, 미아 스페셜 프라이스로!"

샘Sam은 스투이의 절친이었다. 헤이스팅 스트리트Hasting Street라는, 비치 근처 메인 거리 끄트머리에 스투이의 옷가게가 있고, 그 맞은편에 샘의 카페가 있었다. 서핑을 하고 난 뒤 우리는 약속이라도 한 것처럼 늘 샘이 만들어주는 카푸치노를 마셨다. 샘은 종종 무지개색 발가락 양말(?)을 신고 오거나, 독특한 해골 그림의 티셔츠를 입고 오거나 하며 우리를 웃겼다. 이게 뭐냐며 웃으면 그는 천연덕스럽게 말했다. "재밌잖아!" 그게 샘의 매력이었다. '너무 많은 걱정을 안고 살지 않아도 괜찮아'라고 말해주는 듯, 밝고 유쾌한 분위기. 샘의 카페는 그런 곳이었다.

단골 서프숍에는 믹Mick과 데니스Dennis를 비롯해 언제든 내 보드를 케어해주는 친구들이 생겼고, 이름은 모르지만 라인업에서 만나면 반갑게 인사하는 얼굴들도 있다. 나는 외국인이고, 아시안이고, 영어도 잘 못했지만 바다 위에서는 '서핑'이라는 공통분모로 누구든 친구가 되었다. 오늘의 파도에 대해, 내일의 날씨에 대해, 파도를 잡았을 때의 기쁨에 대해 나눌 수 있는 친구가 있다는 것은, 혼자 떠나온 내가 이곳에서 얻은 가장 큰 선물이었다.

정반대의 나라

너그러운 도로부터 여유 넘치는 사람들까지

"네가 운전하려고?"

블리스와 아침에 장을 보러 가는 길이었다. 나는 습관대로 차 오른쪽 문으로 향하고 있었다. 그렇다. 호주는 운전석과 조수석이 한국과 반대다. 두 달이 지나도록 우버UBER를 불렀을 때나 친구의 차를 탈 때, 나는 나도 모르게 운전석 문을 열고 있었다. 도로도 한국과 반대다. 왼쪽으로 목을 빼고 버스를 기다린 게 한두 번이 아니다.

그러고 보면 호주는 한국과 반대되는 것이 많다. 남반구에 위치해 위도도 반대다. 자연스럽게 계절도 반대다. 한국이 무더운 여름으로 향해가는 6월, 호주는 선선한 겨울로 접어들었다. 누사의 겨울은 낮으면 12~15도 정도까지

내려간다고 했다. 얼마 전엔 버스에서 모스크바에서나 쓸 법한 털모자를 쓴 할머니를 보았다. 그날의 온도는 16도였다.

인구 밀도도 현저히 다르다. 호주의 면적은 한국의 약 77배다. 반면 한국에는 5천만 명이 넘게 살고 있는데(그중 천만 명 가까이가 서울에 산다), 호주 인구수는 2천5백만 명이 채 안 돼, 한국의 절반 정도다. 내륙의 경우 사막이 많지만, 이를 제외하고도 호주는 넓다. 이렇게 큰 땅덩이에 적은 사람들이 살아서일까, 호주는 한국보다 확실히 여유롭고 느긋하다.

한번은 일을 하던 중, 내가 맡은 섹션의 테이블에 음식이 한 시간 가까이 나오지 않은 적이 있었다. 확인을 해보니 그 테이블의 음식이 실수로 다른 테이블에 가 있었다. 빈 접시를 치우며 너무 죄송하다는 이야기를 했는데, 와인을 마시던 노부부는 여유로운 미소와 함께 말했다. "괜찮아요. 와인 한 잔씩 더 마시고 있지, 뭐."

이곳에서 만난 친구의 말에 따르면, 누사에는 지역 통틀어 신호등이 단 두 개다(참고로 나는 신호등을 본 적이 없다). 다니는 차가 많지 않기도 하지만, 신호등이 없어도 사람이 오면 일단 차가 멈추기 때문이다. 그러고 보면 횡단보도를 건널 때에도 기다려본 적이 단 한 번도 없다. 사람이 횡단보도로 향하고 있으면, 차는 멀리서부터 속도를 늦추고 멈춰서 기다린다. 어린아이들도, 할머니 할아버지도, 어디서든 천천히 안전하게 길을 건널 수 있다.

사람들의 표정도 꽤 느슨하다. 서울에서 낯선 사람이 말을 걸어오면 아마 긴장했겠지. 못 들은 척 무시하고 지나가는 경우가 대부분일 거다. 이곳에서는 자연스럽게 "Hi" 하고 웃으며 누구하고나 대화를 시작할 수 있다. 길을 지나가다가, 바 혹은 카페에서, 모르는 사람들과 말이다.

재밌는 건 정반대의 이유로 비슷한 행동을 하기도 한다는 거다. '빨리빨리'의 나라, 우리나라에도 줄임말이 참 많은데, 호주는 정말이지 뭐든 줄이는 것 같다. 카푸치노Cappuccino는 Capp, 아침식사Breakfast는 Breaky, 인사도 줄여서 'G-day'(Good day의 줄임말인데 '기다이'라 발음한다), 심지어는 'Thank you'조차 'Ta'(정말로 '타'라고 발음한다)라고 한다. 한번은 친구에게 "너희는 왜 모든 단어를 짧게 이야기해?"라고 물었던 적이 있다. 친구의 답이 걸작이었다. "단어를 전부 발음하기에, 우리는 너무 게을러서." 두 달 넘게 지내보니 그 이유를 알 것도 같았다.

아침에 눈을 뜨면 걸어서 바다에 가는 곳, 파도가 있으면 파도를 타고 파도가 없는 날이면 바닷물에 둥둥 떠다니거나 해변에 누워 책을 읽는 곳. 이미 게으른 사람들로 가득차버렸으니 혼자 부지런히 살아봐야 아무 소용없다고 말하는 듯한 자연과 사람들. 앞만 보고 바삐 가는 대신 "굿모닝!" 하고 활짝 웃으며 서로의 안부를 묻는 곳. 이런 곳에서 부지런할 이유는 하나도 없으니까.

PART 4

라이드

'행복'이라는 단어에 가두기엔 너무 경이로운

Ride

넘어지지 않고 테이크 오프에 성공해서 파도를 따라 미끄러질 때, 우리는 파도를 탄다ride고 한다. 발밑에서 느껴지는 에너지에 집중하며 넘어지지 않도록 자세를 낮추고 균형을 잡는다. 그러면 파도는 서퍼의 몸을 파도가 흘러가는 곳으로 데려다놓는다. 파도와 하나가 된 그 순간, 이대로 죽어도 좋겠다는 생각을 했다. 라이드는 압도적인 자연 속에서 인간은 개입할 수 없고 다만 흘러가는 대로 따라갈 뿐인 시간이 있음을 깨닫게 한다. '행복'이라는 단어에 가두기에는 너무나 경이롭고 거대한 그 순간, 서퍼들은 가장 생생하게 이 세계를, 내가 살아 있음을 느끼게 된다.

기억에 의하면

아마도

태어나서 처음인 것 같다.

매일 아침

웃으면서 눈뜨는 일.

Nothing, but Beautiful

파도 없는 바다에서 만난 아름다움

누사라고 일 년 내내 파도가 좋은 건 아니다. 이곳에도 파도가 들어오는 시즌이 있는데, 주로 여름부터 가을, 1월부터 5월까지 정도다. 가장 좋은 시기는 3, 4월이다. 그 이후에는 매일 차트를 들여다보며 좋은 파도를 기다린다. 그날은 그런 의미에서 며칠을 기다려온 날이었다.

아침 댓바람부터 달려간 바다 앞에 멈칫, 들어온다던 파도는 코빼기도 안 보였다. 바다에는 혼자 외로이 놀고 있는 서퍼 한 명뿐. 지나가던 할머니도 나를 보며 '쯧쯧, 유감'이란 표정으로 "No waves, nothing(오늘은 파도 없네, 없어)" 했다. 머리에는 내 키의 두 배 가까운 보드를 인 채로,

다른 포인트를 찾아야 하나 고민하던 찰나, 아무것도 없어 보이는 바다에서 혼자 놀던 서퍼가 들어오고 있었다.

"어땠어? 파도 없어 보이는데." 그에게 물었다. "응, 나 일곱 시부터 나가 있었는데 아무것도 없더라." "일곱 시?" 아마도 놀라움과 동시에 실망감이 스쳤을 내 표정에 그는 활짝 웃는 얼굴로 답했다. "응, 근데 좋았어. 패들해서 저 끝까지 가면 예쁘고 조그만 해변도 나와. 물속은 따뜻하고, 아무도 없어서 좋았어." 처음엔 그가 좀 안쓰러워 보였는데, 그건 어리석은 생각이었다. 그는 정말 자신만의 바다를 즐기고 온 표정을 하고 있었다.

그래. 아무도, 정말 아무것도 없지만, 나가보자. 그렇게 나는 잔잔한 바다로 스며들었다. 따뜻한 바닷물이 시린 발을 녹여주었다. 보드 위에서 떠다니며, 그동안 보지 못했던 깨끗하고 투명한 바닷속을 실컷 바라보았다(바닥에 비친 내 그림자에 놀랄 정도로, 이곳 바닷물은 투명하다). 물안경을 쓰고 스노클링 삼매경에 빠진 귀여운 할아버지도 만났고, 아침밥을 사냥하는 물새도 구경했다. 바다는 따뜻했고, 평화로웠고, 아름다웠다. 시간이 아까워서 혹은 남들의 시선이 신경 쓰여 나오지 않았더라면, 어쩌면 평생을 모르고 지나칠 뻔한 풍경들이었으리라. 한참을 전세 낸 듯 놀다가 나오니, 또 다른 서퍼가 물었다. “오늘 서핑 어땠어?” 나는 웃으며 말했다.

“Nothing, but beautiful!”

편견은 내 마음속에

무의식적으로 가져온 편견

"Why did I get a GIRLY CUP?"

(왜 나만 여자애 컵이야?)

오스트레일리언 꼬마 손님에게 분홍색 키즈 컵을 갖다 주자, 아이는 이렇게 물으며 아빠의 일반 글라스와 바꿨다. 순간 망치로 머리를 한 대 맞은 기분. 생각해보니 여자아이와 남자아이가 앉아 있으면, 무의식적으로 분홍색 컵은 여자아이에게, 파란색 컵은 남자아이에게 주지 않았던가. 왜 여자아이들은 당연히 분홍색을 좋아할 것이라 생각했을까. 일단 나조차 인생에서 분홍색을 좋아한 적이 단 1초도 없었는데.

한국에서 회사를 다녔던 때, 나 역시 막내라면, 광고인이라면, 공채라면 어떠해야 한다는 사회와 내 안의 편견에 시달렸다. 멀쩡한 회사를 그만두고 외국에 나와 있는 게 남들 보기 어떠하다는 이야기도 듣고 싶지 않다. 그러니 누군가를 사회의 잣대로 함부로 정의 내리면 안 된다는 걸 모르지 않는다고 생각했다. 그러면서도 나도 모르게 내 사고의 일부처럼 녹아 있는 편견대로 행동해왔다는 사실이 실망스럽고, 부끄러웠다. 여행을 다니며 '베지테리언'들을 처음 만났을 때도 마찬가지였다.

한국에서는 베지테리언을 단 한 번도 본 적이 없다. 물론 요즘은 채식을 하는 사람이 많이 늘었다고 하지만, 내 주변엔 아직 없었다. 상상 속 '베지테리언'은 소설 『채식주의자』의 주인공 영혜처럼 가녀리고 핏기 없는, 마르고 창백한 이미지였다.

호주에 도착하고 나서 묵었던 숙소마다 나는 한 명 이상의 베지테리언을 만났다. 그들은 제각기 다양한 몸과 스타일을 가지고 있었으며, 단 한 명도 마르거나 핏기 없는 경우는 없었다. 오히려 육체도 정신도 건강해 보였다. 무지한 나는 베지테리언들을 만날 때마다 다음과 같은 질문을 했었다. 첫째, 고기를 안 먹고 살 수 있나. 둘째, 그럼 단백질은 어떻게 섭취하는가. 셋째, 왜 베지테리언이 되었는가.

내가 일하는 재패니즈 레스토랑에도 '베지테리언' 혹은 '비건vegan' 메뉴가 따로 있을 정도로 이곳에서 베지테리언 라이프스타일은 일종의 문화였다. 가장 가까운 예로, 블리스와 그의 가족들은 모두 비건에 가까운 베지테리언이었다. 심지어 블리스는 고기를 먹어본 적이 단 한 번도 없다고 했다(역하다고 한다).

그들은 얼마든지 고기를 먹지 않고 살 수 있고(베지테리언용 햄버거나 소시지 등 대체식품이 많다), 견과류, 콩류 등을 통해 충분히 단백질을 섭취할 수 있으며(영양제도 있다), 건강을 위해서나 신념에 따라, 환경을 보호하기 위해 혹은 동물을 음식이 아니라 친구라고 생각해서 등 모두 다른 이유로, 어쩌면 아무 이유 없이 베지테리언이 되었다.

얼마 전에 소셜미디어에서 한국 베지테리언 뉴스 영상을 보았다. 그들은 한국에서 베지테리언으로 살아가는 고충을 이야기했다. 예로부터 고기가 귀해서인지, 역설적으로 우리 음식 중에는 고기나 해산물이 들어가지 않은 것이 거의 없다. 찌개나 국 종류의 베이스는 물론이고, 일단 내가 없으면 못 사는 김치에도 액젓이 들어간다. 상상컨대 우리나라에서 완벽한 베지테리언 레스토랑은 아마 절 정도가 아닐까 싶다. 그걸 생각하면 그들에겐 점심시간이나 회식을 할 때, 사회생활을 하며 사람들과 함께 식사를 할 때 갈 만한 식당이나 먹을 만한 메뉴가 한정적이다. 그리고 예상컨대 그때마다 그들에게 쏟아질 여러 시선과 질문들은… 아뿔싸, 내가 이곳에서 했던 앞의 세 가지 질문을 베이스로 한 것이었다.

때로는 몸이 아닌 시선의 감옥이 우리를 더 자유롭지 못하게 한다. 가령 내가 삶은 계란을 먹지 않는다는 이유로(나는 삶은 계란을 싫어한다) '왜 삶은 계란을 안 먹어?', '이게 얼마나 몸에 좋은데', '단백질은 그럼 어떻게 먹게? 고기만 먹어?' 같은 질문을 가장한 훈계를 매일 매 식사 시간마다 듣는다면, 그것도 일종의 고문이 아닐 수 없다. 고기를 거부하는 영혜에게 아버지가 억지로 고기를 먹이려고 했던 그런 폭력적인 일들을, 어쩌면 우리는 아무 생각 없이 저지르고 있는지 모른다.

인생에서 모든 문제는 인간관계에서 비롯되며, 우주에 가서 혼자 살지 않는 한 이를 없앨 방법은 없다는 말*처럼, 우리는 모두 채식을 한다는 이유로, 여자라는 이유로, '너무' 살쪘거나 '너무' 말랐다는 이유로, 나이가 많거나 혹은 적다는 이유로, 또 그 외에 많은 정당화될 수 없는 이유로 이런 시선과 문제로부터 자유롭지 못하다. 그러나 우리가 조금만 신경을 쓴다면, 바보 같은 행동과 질문들을 아무 거리낌없이 해댔던 나와 같은 실수를 조금은 줄일 수 있지 않을까.

* 『미움받을 용기』에서 그랬다.

깨지고 다치고 This is Surf

'유리 멘탈', 맷집을 기르다

벌써 5년 전의 일이다. 졸업을 앞둔 대학 마지막 학기의 나는 누구나처럼 초조했고, 누구보다 막막했다. 내가 지원했던 '광고회사'의 '카피라이터'라는 자리는, 가뭄에 콩이 나는 편이 차라리 빠를 정도로 뽑는 인원이 적었다. 작은 회사에서는 경력자만을 원했고(정말이지 신입은 어디서 경력을 쌓으란 말인가), 그나마 대기업에서 일 년에 몇 명 정도를 뽑을까 말까 했다. 그해는 운이 좋게도 대기업 광고회사 두 군데에서 인턴 채용 공고가 떴고, 운발 지지리 좋은 나는 두 기업 모두 서류 전형에 합격해 면접을 보게 되었다.

첫 번째 기업의 면접을 보던 날, 나는 난생처음 우황청심환이란 것을 사 먹었다(먹어본 결과 실제로 효과는 없었다.

알고 보니 한 시간은 지나야 효과가 있다나). 그러고 들어간 면접에서 최신식 탈곡기를 장착한 면접관들의 혀에 (지지리 비쌌던 우황청심환 값도 못한 채) 탈탈 소리를 내며 놀아나고 말았다.

두 면접관의 역할놀이는 마치 '좋은 경찰, 나쁜 경찰'을 보는 것 같았다. 한 명이 나를 털면, 한 명이 '마이 아파?' 하며 달래주는 형식이었다. 그들은 학점, 영어 인증시험 점수 등 (취업 시장에서 보면) 내 허점들을 요목조목 꼬집었고, 나는 변태라도 된 듯 끝까지 웃으며 말도 안 되는 답변을 내뱉었다. 알고 보니 그 기업은 면접자들에게 압박면접을 선사하기로 유명한 곳이었다. 며칠 뒤 결과가 떴다. 탈락이었다.

"저, 면접, 떨어졌어요…."

친한 선배에게 전화를 걸어 이야기를 하던 도중, 나도 모르게 눈물이 났다(울 일 더럽게 없었다). 그는 말했다.

"야, 너 한 번도 안 떨어져봤지?"

이번엔 허를 찔렸다. 그때까지 나는 한 번도 탈락을 경험해본 적이 없었다. 가고 싶었던 대학에 재수 없이 붙었고, 전과에도 성공했으며, 원하는 동아리나 대외 활동에

지원해 단 한 번도 떨어져본 적이 없었다. '실패 경험'에 대해 이야기해보라는 면접관들의 질문에 '전 남자친구와의 이별' 이야기를 구구절절 읊을 정도로, 나는 '실패'에 무지했고, 무지했기에 취약했다. 작은 시련에도 쿠크다스처럼 바스라지는 내 멘탈은 '초박형 유리 멘탈'이었다.

"This is Surf!"

그랬던 나는, 이곳에서, 하루에도 몇 번씩 깨지고 다치고 있다. 어쩌면 '서핑'이란 '넘어지기 위한 스포츠'라고 봐도 좋을 정도로, 파도를 타는 횟수보다 보드 위에서 넘어지거나 바닷물에 처박히는 횟수가 더 많다.

얼마 전에는 꽤 큰 사고가 있었다. 파도가 조금 컸던 날, 누사국립공원에서 서핑을 마치고 들어가려는데, 눈앞에 보기만 해도 미끄러운 암벽이 펼쳐져 있었다. 함께 서핑을 하던 친구들이 무리 없이 올라가기에 뭐 괜찮겠지 하고 올라가려던 찰나 (그 순간 에베레스트를 등반한 사람들이 오를 때보다 내려올 때 더 많이 죽었다는 말이 뇌리를 스쳤다) 거친 파도가 나를 덮쳤다. 암벽은 생각보다 더 미끄러웠고 보드를 놓친 채 암벽 아래에 깔려 있던 뾰족한 암초에 그대로 슬라이딩.

정신을 차려보니 이미 올라갔던 타이완 친구 제이Jay가 내려와 떠내려가던 내 보드를 잡고, 나를 일으켜주고 있었다. 물에서 나와 보니 다리는 온통 암초에 긁혀 피가 철철 흐르고 있었다. 응급처치를 한 뒤 집에 가는 길, 서프숍 친구들이 내 다리를 보고 무슨 일이냐고 물었다. 자초지종을 설명하니, 나는 아파 죽겠는데 아무것도 아니라는 듯 친구들은 낄낄거리며 말했다.

"야, 이게 진짜 서핑이지!"

세상이 내 마음대로 되지 않는 것처럼, 파도도 늘 내 맘 같지 않다. 바람의 방향과 세기, 조류의 흐름, 조수간만의 차 등등 모든 것이 파도의 모양과 질에 영향을 미치기 때문이다. 파도가 크고 조류가 센 날은 특히 처음부터 끝까지 조심해야 한다.

일단 파도를 타러 나가는 것부터가 문제다. 파도를 잡으려면 라인업까지 보드를 이끌고 나가야 하는데, 이놈의 악랄한 파도는 쉴 틈 없이 들어오며 제멋대로 나를 밀어낸다. 그걸 뚫고 나가기 위해서는 잽싸게 패들을 할 수 있는 팔심과 더불어, 나를 향해 내리찍는 파도의 립Rip에 휘말리지 않도록 재빨리 롤오버Roll over(보드가 위로 향하게 몸을 돌려 물속에 숨는 것)하는 기술이 필요하다.

서핑을 마치고 들어올 때에도 마찬가지다. 재미있게 파도를 타고 들어오는 그 길에 마치 〈아내의 유혹〉에서 점 찍고 돌아온 아내처럼 배신의 아이콘이 된 파도가 언제 어디서 나를 덮칠지 모르기 때문이다. 이렇듯 바다의 컨디션이란 정말이지 종잡을 수 없는 것이기에, 특히 나 같은 초보 서퍼는, 넘어지고 깨지는 일이 다반사다.

그러다 보니 자연스럽게 넘어지는 데도 익숙해진다. 이쯤 깨져보면 아무리 쿠크다스 멘탈이었던 사람도, 강철까지는 아니더라도 강화유리 멘탈 정도는 갖게 된다. 그리고 한 번이라도 서핑을 해본 사람은 느낄 수 있겠지만 넘어지는 것이 실은 아무것도 아님을 깨닫게 된다. 그래, 나는 이만큼 넘어져보고서야 깨달았다. 몇 번 넘어진다고 해서 지구가 무너지는 것이 아님을. 서핑이 끝나는 것이 아님을.

5개월 넘게 서핑을 했다고 해서 파도가 오는 족족 잡을 수 있다거나, 보드 위에서 날아다니며 파도를 탈 수 있게 된 건 물론 아니다. 하지만 분명한 것은, 적어도 나를 향해 다가오는 이 파도를 내가 넘어갈 수 있는지, 아니면 롤오버해서 숨어야 하는지를 가늠할 수 있게 되었다는 것. 넘어지는 데 개의치 않고 '잘 넘어지는 방법'을, 그리고 '다시 일어나는 방법'을 터득해가고 있다는 것이다.

잘 타기 위해서는 먼저 잘 넘어질 수 있어야 한다.

A Sea Full of Stars*

반짝이는 것들에 대하여

바다 위에서 본
바다 위에는
수천만 개의 별들이
반짝이고 있었다.

바다 위에 있어본 사람은 안다. 바다 위에서 빛나는 별들이 하늘에 떠 있는 그것보다 더욱 눈부시다는 사실을. 정신없이 파도를 좇다가 우연히 그 풍경과 마주하면 한참을 넋 놓고 바라보게 된다. 내 손에 카메라가 들려 있지 않

* 콜드플레이, 〈A Sky Full of Stars〉를 패러디.

음에 안타깝다가도, 마음에 담아갈 수 있음에 안도하며.

몇 해 전, 퇴근 후 홀로 방에 틀어박혀 정리를 한답시고 책상 서랍을 뒤지던 날이었다. 오래된 기억들을 소환하는 편지며 일기를 발견한 나는 그 자리에서 추억 여행을 떠난 화석이 되어버렸다. 정신을 차렸을 때쯤엔 이미 두 시간이 지나 있었고, 갑자기 반짝이는 귀걸이가 너무 사고 싶어져 집을 나섰다. 집 근처 귀걸이를 팔 만한 모든 숍들을 배회하며 '반짝이는 귀걸이'를 찾아 헤맨 끝에, 결국 마음에 드는 것을 찾지 못하고 집에 돌아오며, 나는 문득 깨달았다.

내 삶이 지금 반짝이지 않고 있다는 것을.

비단 나만의 경우는 아닌 것 같다. 회사 동기 언니는 매일 퇴근 후 뭐라도 사고 싶어 올리브영에 출근도장을 찍는다 했다. 친구 룡룡이는 옷장 정리를 하던 중 언제, 왜 샀는지 기억조차 나지 않는 (물론 뜯지도 않은) 택배 박스들이 쏟아져나왔다고 했다. 허한 마음을 급하게, 빠르게 채워야 하는 현대인들에게 가장 가깝고 손쉬운 방법이 '소비'이기 때문이리라. 몇 년 전에는 이렇게 지출되는 돈을 누군가 다음과 같이 정의해주었다.

시발 비용.

시발 비용은 비속어인 '시발'과 '비용'을 합친 단어로 스트레스를 즉각적으로 풀기 위해 쓰지 않아도 되는 데 쓰게 된 비용을 뜻하는 신조어다. 이를테면 스트레스를 받아 홧김에 살까 말까 망설이던 물건을 충동적으로 결제하거나 평소 버스를 타고 다니던 거리를 택시로 이동하여 지출하게 된 비용이 시발 비용에 해당한다.

말이 나와서 말인데, 이건 정말 내 얘기다. 광고회사에 다니던 시절 나 또한 시발 비용 지출이 막대했는데, 그중 최고는 단연 '머리하는 데' 들인 돈이었다. 옆 팀 팀장님이 "혹시 집이 미용실 하느냐"고 물을 정도로, 나는 머리를 자주 바꾸었다. 갈색, 오렌지, 카키부터 시작해 은갈치, 잔디인형, 보라돌이, 피스타치오까지 안 해본 염색과 탈색이 없었으며, 펌에 펌을 더한 머리는 점점 폭탄을 맞아가고 있었다.

야근을 하거나 경쟁 PT가 끝나갈 시점에는 '당장 머리를 해야 한다'는 일념으로 헤어숍부터 예약했고, 그 결과 한 달에 헤어숍에 갖다 바친 비용만 삼십만 원에 달했다.

가끔은 이에 더해 네일 케어까지 받았으며, 어떤 날은 퇴근길에 티 쪼가리라도 한 장 사야만 했다.

물론 아름다워 보이고 싶을 수 있다. 미적 욕구를 폄훼하고 싶은 마음은 없다. 다만 내가 이곳에 와서 깨달은 것은, 나에게 그런 '소비 욕구'가 눈에 띄게 줄었다는 것이다.

자른 지 반년이 지난 머리는 대학 졸업 이후 최장발이 되어가고 있다. 헤어숍은커녕 매일 바닷물에 헹군다 생각하며 샴푸도 잘 안 한다(내가 더러운 인간은 아니다). 호주에 와서 산 옷이라곤 티 한 장과 트레이닝 바지, 웨트슈트 한 벌이 전부다(옷 입는 걸 싫어한다). 매일 파도에 긁히다 보니 손톱 색을 칠하는 것도 의미 없어졌다. 덕분에 먹고 마시는 것 이외의 지출은 거의 없는, 엥겔지수 최고의 삶을 살아가고 있다. 그리고 매일 매 순간 깨닫는다.

아무것도 더 사지 않아도 내 인생이 충분히 반짝이고 있다는 것을.

변한 것이 있다면

'북반구 이대리'가 '남반구 미아'가 되기까지

『얼굴 빨개지는 아이』라는 사랑스러운 제목의 책이 있다. 그리고 그 책을 차마 웃으면서 넘기지 못한 얼굴 빨개지는 아이가 있었다.

어렸을 적부터 나는 누가 말을 걸면 금세 얼굴이 붉어지고는 했다. 커가면서 '안면홍조'라는 증상이 있다는 걸 알게 되었다. 외향적인 성격과 반대되는 피지컬이 나에게는 꽤나 긴 시간 동안 콤플렉스였다. 게다가 우리집 사람들은 유전적으로 피부가 좋은 편이 아니다. 타고난 '유전' 덕에 학창 시절 교과서에 이마를 대고 자다 일어나면, 마치 튀김이 있던 자리처럼 종이가 투명해져 있었다.

이러한 이유로 나는 요즘 어린 학생들이 화장을 하고

다니는 것을 백번 이해한다. 내가 얼굴을 처음 가리기 시작한 때는 중학교 시절이었다. 좋은 화장품을 살 돈이 없었던 나는 로드숍에서 파는 저렴한 파우더로 얼굴을 칠하기 시작했다. '깨끗하게 맑게 자신있게' 살고 싶던 소녀는 맨얼굴로 출근을 하는 날이면 '얼굴이 예의가 없다'는 말을 듣는 어엿한 사회인으로 성장하여, 값비싼 파운데이션과 피부 관리로 그 꿈을 이루어갔다. 서른 인생의 절반을 '얼굴을 가린 채' 살아온 습관은 남반구에 와서도 이어졌다. 선크림에 파운데이션을 덧칠하고 서핑하러 나가던 나에게 하루는 블리스가 말했다.

"바다에 가는데 무슨 화장을 해? 옷 입고 샤워하는 것 같잖아."

"이건 내 습관이야. 메이크업 안 하는 건 너무 어색하지 않아?"

"정말 그렇게 생각해?"

"응, 내 맨얼굴이 못나 보여."

"아냐. 맨얼굴 그대로도 괜찮아. 예뻐."

맨얼굴이 예쁘다니. 아무도 (심지어 우리 엄마조차도) 나에게 해준 적 없는 말이었다. 그날부터였다. 내 얼굴은 하나씩 꺼풀(?)을 벗기 시작했다. 늘 하고 다녔던 아이라인과 마스카라를 생략한 것이 시작이었다. 얼마 후에는 파운데이션을, 그리고 문신처럼 함께해온 틴트까지. 서핑은 물론, 일을 하러 갈 때에도 마찬가지였다. 서비스업종임에도, 웨이트리스가 화장을 하지 않는다고 불평하는 사람이 아무도 없었다. 장장 십오 년 만의 맨얼굴로의 외출이었다. 그리고 참으로 대담하게도, 이런 생각이 들었다. 이거, 생각보다 나쁘지 않잖아?

매일 아침에 일어나면 거울을 보면서
잘 살아가고 있는지를 봅니다.

아침이 아니어도 시인이 아니어도
거울이 있으면 반드시 들여다봅니다.

생겨난 그대로 살아가기를 바랍니다.
생겨나게 해주신 하느님 감사합니다.

- 정신, 『정신과 영수증』

민낯으로 살아온 지도 반년째. 며칠 전, 파티에 가느라 마스카라를 발랐는데, 글쎄, 내 속눈썹이 이렇게 무겁고 거추장스러운 것인 줄 미처 몰랐다. 파운데이션을 바르면 내 피부는 아마도 졸도할지 모른다는 생각이 자연스레 들었다. 게다가 맨발에 노브라로 다니는 데 익숙해지다 보니 어떻게 20년 가까이 브래지어를 차고 살았는지도 상상이 안 간다.

물론 사람이란 몇 개월 만에 완전히 달라지는 존재가 아니고, 나도 그렇다. 또, 누군가에게는 이런 변화가 달갑지 않을 수도 있다. 다만 이곳에 오지 않았더라면 시도해 볼 생각조차 안 했을 법한 것들을, 조금씩 매일 시도할 뿐이다. 자연과 함께 내 모든 것들은 조금 더 자연스러워지는 중이다.

각별히 각별한

피는 물보다 진하다

“서핑은 우리가 알아서 하는 거야? 아님 누가 알려줘?”

“서퍼복은 빌리는 거?”

“바다수영이 잘될까?”

“우리 휴가 기간에 넌 설마 일하고 있는 건 아니겠지?”

“서핑이 위험하다는데 울 아그들 괜찮을라나?”

“질문 다섯 개 했어.” 지영이의 한마디로 단톡방의 질문 쓰나미는 잠시 가라앉았다. 그녀가 온다. 까칠하고 까탈스럽기로 유명한 우리 이모. 이모와 두 사촌동생들이 휴가를 맞춰 누사에 오기로 했다. 몇 달 전부터 이야기했고, 몇 주 전부터 신이 났다. 호텔과 리조트, 에어비앤비를 비교하다가, 내가 좋아하는 리틀 코브Little Cove 근처 에어비앤비 집 한 채를 통째로 빌렸다. 숙박비를 내가 다 냈다는 말에 블리스는 굉장히 의아해했다. "네가 그럴 필요가 있어?" 응. 하나도 아깝지 않았다. "왜?" 가족이니까. 아니, 어쩌면 그 이상이니까.

내가 다섯 살 때, 종남 씨*는 가정폭력을 피해 나와 동생을 데리고 집을 나왔다. 갈 곳 없던 엄마가 찾은 곳은 이모네였다. 당시 이모네는 큰방과 작은방이 각 하나씩 있었는데, 작은방을 우리 세 식구에게 내어주었다. 이모부는 사업을 하느라 바빴다. 이모가 일을 하면 엄마가, 엄마가 일을 하면 이모가 나와 동생, 그리고 사촌동생을 돌봤다. 그렇게 3년 남짓, 우리는 함께 살았다. 나는 세 살 터울인 여동생 하나를 더 얻었고, 이모부는 지영이와 지혜 말고도 나와 동생의 아빠가 되어 여름이면 산과 바다, 계곡으로 우리를 데려가주었다.

3년 후 우리 가족이 독립을 하면서 우리는 다시 떨어져 살게 되었다. 종남 씨는 외할머니댁 근처로 이사했고, 그곳에서 우리는 새 삶을 시작했다. 이모네는 가끔 보는 친

* 남자 이름 아님 주의. 가끔 엄마랑 버스 타고 가다가 동명의 기사님들을 발견하곤 했다.

척이 되었다.

중학교에 들어간 후, 친구들과 어울리기를 유난히 좋아했던 나는 자주 외박을 했다. 툭하면 머리 색을 바꾸고, 화장도 했다. 엄마 속 썩이는 나쁜 년이라고, 나를 유난히 좋아하고 따랐던 지영이가 보고 배울까봐 무섭다며, 당시 이모는 날 꽤나 싫어했던 것 같다. 맘잡고 공부해서 대학을 갔을 때, 저년이 뭐라도 해내서 다행이라고, 이모는 아마 생각했을 것이다.

첫 대학 등록금을 보태준 것도 이모였고(이모부에겐 비밀이었다), 이제 성인인데 웃을 때 예뻐야 한다며, 어렸을 적 넘어져 부러진 앞니를 교정하라고 돈을 쥐여준 것도 (이모부 죄송해요) 이모였다. 그리고 몇 해 전, 몇 푼의 돈을 은혜라고 갚았을 때, 이걸 받아도 되는 거냐며 눈시울이 벌게지던 우리 이모였다. 그런 이모가 호주에 온다니, 몇 달치 월급을 털어도 아깝지 않았다.

이모는 서핑을 해보고 싶다 했다. 몇 주 전부터 나는 서프숍 친구들의 도움을 받아 날씨와 파도를 체크하고, 레슨을 예약했다. 그리고 대망의 레슨 날. 아침부터 부스럭거리며 장비(?)를 챙기고 있던 이모 덕에 우리는 모두 빵 터졌다.

"이모, 그게 뭐야?"

"물안경. 보면 몰라?"

"아니 그러니까, 물안경을 왜 쓰는데!"

"바다에 들어가면 안 보이잖아!"

이모, 서핑은 바다 위에서 파도를 타는 거야. 아무리 말해도 이모는 '그래도 빠지면 어떡하냐'며 물안경을 챙겼다. 레슨은 얕은 바다 위에서 진행되는 것이고, 빠져도 허리 정도밖에 안 온다는 인스트럭터 톰의 말을 듣고서야 이모는 물안경을 포기했다. 사실 써도 상관은 없다. 어쩌면 더 재미있는 영상이 나올 뻔했는데, 이제 와서 생각하니 조금 아쉽다.

암초가 없고 비교적 안전한 하구River mouth(강과 바다가 만나는 곳)에서 레슨은 시작되었다. 먼저 조류와 파도, 서핑의 원리와 룰에 대한 설명을 들었다. 이모는 귀를 쫑긋 기울이고 어려운 표현이 나오면 나를 바라보았다. 나는 그때그때 통역을 해주었다. 그리고 톰을 따라 다 함께 입수.

물이라면 질색팔색하는 엄마와는 달리, 이모는 물을 무척 좋아했다. 수영도 오래 했고, 체력도 지영이와 지혜보다 훨씬 좋았다. 강사가 밀어주는 보드 위에서 이모는 가장 먼저 테이크 오프를 했고, 첫 시도임에도 꽤 오래 보드 위에 중심을 잡고 서 있었다. 오십대라는 사실이 전혀 믿기지 않았다. 두 딸들이 지쳐 나가떨어질 때에도, 이모는 끝까지 바다에서 파도를 탔다. 이모가 그렇게 좋아하는 모습을 본 건 (명품 선물 받을 때 제외하고는) 처음이었다. 숙소에 돌아와 내가 찍은 동영상을 보내주자 이모는 몇 번을 돌려보더니, 신이 나서 카톡방의 모든 사람들에게 뿌렸다.

영화 〈라이드〉는 워커홀릭인 엄마와 작가를 꿈꾸며 자유로운 삶을 사는 아들 사이의 갈등으로 시작한다. 집을 나가 해변에서 서핑하며 글 쓰는 아들을 찾아온 엄마는 '서핑이 대체 뭐가 그렇게 좋다고' 싶은 마음으로 얼떨결에 서핑 레슨을 듣게 되고, 결국 서핑의 매력에 빠져 파도를 잡는 데 성공한다. 마지막 장면에서 아들과 함께 파도를 라이딩하는 엄마는 마치 아이처럼 해맑고 천진하다. 서핑을 하고, 매일 숙소 앞 바다에 나가 수영을 하며 행복해하는 이모의 모습이 꼭 그 주인공 헬렌 헌트 같았다.

이곳의 생활이 너무 행복해서였을까, 솔직히 가족들이 그립다는 생각은 강하게 든 적 없었다. 그런데 내가 사랑하는 공간에서 내가 사랑하는 사람들과 함께한다는 건 생각보다 더 행복한 일이었다. 닷새밖에 허락되지 않은 일정이 원망스러웠다. 보여주고 싶은 곳이 너무 많았다. 이렇게나 아름다운 곳에서 잘 살고 있다고 안심시켜주고 싶었다.

"Hey girls, ready to roll?(준비들 됐어요?)" 빡빡한 일정에 재촉하는 현지인 가이드를 가족들은 고맙게도 잘 따라주었다. 누사국립공원에 가서 페어리 풀Fairy pool에 다이빙도 하고, 누사 리버Noosa river의 내가 좋아하는 선셋 포인트에서 지상 최고로 멋진 선셋도 보았다. 매일 저녁 같이 요리를 했고, 많은 이야기를 했고, 무엇보다 많이 웃었다.

떠나는 날까지도 이모는 엄마와 같이 오지 못한 것이 마음에 걸린다 했다. 나는 이모라도 올 수 있어 다행이라 답했다. 바다를 싫어하는 엄마도 언젠가는 이곳에 꼭 데려오자 다짐했다.

"언니, 슬퍼." 떠나는 차 안에서 막냇동생 지혜의 한마디를 시작으로, 우리 넷은 바보처럼 눈물을 훔쳤다. 누가 보면 평생 못 보는 줄 알겠다. 이모네가 떠나고, 나는 혼자 한참을 엉엉 울었다. 함께했던 시간이 행복했던 만큼 빈자리가 크게 느껴졌다. 가족에 대한 애착이 딱히 없다고 생각했는데, 실은 엄청 강했나보다. 새 가족을 만드는 것보다는 내 가족들에게 더 잘하고 싶다는 생각이, 태어나서 처음으로 들었다.

이모의 첫 서핑, River Mouth

저마다의 파도

누구나 놓칠 수 있고 누구나 잡을 수 있는

알록달록 무지개 색깔의 롱보드. 지난 몇 주간, 바다 위에서 몇 번을 마주쳤던 아저씨다. 버둥거리며 파도를 잡을 때 옆에서 이 파도라고, 이 타이밍이라고, 아낌없이 조언을 해주었던 그 아저씨였다. 유독 눈에 띄는 보드 덕에 단번에 알아볼 수 있었다. "Good morning!" 반갑게 인사를 하고 이런저런 대화를 나누다 멀리서 움찔, 무언가 다가오는 것이 보였다. 그가 세차게 패들을 시작했다. 당연히 잡을 줄 알았다. 그런데, 그다음 펼쳐진 광경에 눈과 귀를 의심했다.

"Shxx! Fuxx!"

파도를 놓쳤다는 사실보다 더욱 충격적이었던 것은, 숱없는 정수리까지 시뻘게진 그가 내뱉은 욕설이었다. 당황스러웠다. 친절하게 파도 잡는 법을 알려주던 아저씨의 한없이 자상한 줄 알았던 그 얼굴이 저렇게까지 구겨지다니. 원숭이도 나무에서 떨어진다는 말은 익히 들었지만, 떨어진 원숭이가 얼굴이 빨개져 씩씩대고 있는 모습은 상상하지 못했다.

그때 알았다. 잘 타는 사람도, 핏대가 설 때까지 패들을 해도, 파도를 놓칠 수 있다는 것을. 잘 타는 사람도 파도를 놓치면 열이 받고 육두문자가 절로 나온다는 것을.

사원 나부랭이 시절, 아이디어 회의 전날이면 컵라면과 삼각김밥 등의 식량을 구비해서 (그런다고 나오지도 않을) 아이디어를 짜낸답시고 회사에서 밤을 지새웠다. 긴장되고 불안해서 도저히 집에 갈 수 없었다. 먼저 퇴근하는 선배들을 보며, 나는 언제쯤 회의를 앞두고 초연할 수 있을까 생각했다. "사무실에 앉아 있기 싫어서 가는 거야. 일찍 가는데 아이디어 못 가져올까봐 나도 얼마나 쫄리는데." 술잔을 기울이며 선배들의 속사정을 듣기 전까지는, 차장, 부장이 되어도, 심지어 팀장님조차도 자신의 커리어와 인생에 대해 고민하고 있을 줄은 꿈에도 몰랐다.

어린 시절, 어른이 되면 성숙해질 것이라는 믿음도 마찬가지인 것 같다. 신입생 때는 졸업반 선배들이, 초등학교 때는 교복을 입은 언니 오빠들이 마냥 어른 같고, 왠지 지혜로워 보였다. 그런데 막상 교복을 입고, 졸업을 해도, 나에게 '어른스러움'이나 '지혜로움' 따위의 것들은 생기지 않았다. 사람마다 다른 걸까, 하는 생각은 다른 사람들과 대화를 하며 조금씩 사라졌다. (물론 개인차는 있겠지만) 좋은 회사에서 알아주는 성공을 거머쥐어도, 결혼을 하고 아이를 낳은 사람들도 저마다 자신만의 고민들을 안고 살아가고 있는 것을 보면서 말이다.

모두에게는 각자의 그늘이 있다는 말처럼, 어쩌면 누구나 자신만의 파도와 싸우고 있는지도 모른다. 영화 〈보이후드〉의 주인공들도 그렇다. 여섯 살 소년이 대학에 들어가기까지 실제로 12년을 촬영한 영화 속에서 인물들은 이혼을 하고, 재혼을 하고, 졸업을 하고, 독립을 한다. 그러면서 깨닫는다. 무언가 있을 줄 알고 열었던 문 뒤에는 또 다른 길만이 놓여 있다는 것을. 자식들을 다 키우고 독립시킨 뒤, 짐 싸는 막내를 보며 슬퍼하던 엄마는 왜 우느냐는 아들의 물음에 이렇게 답한다.

"난 그냥, 뭐가 더 있을 줄 알았어!"

북반구의 사원 나부랭이는 남반구의 서퍼가 되어 조금씩 깨닫는다. 성숙하고 여유로워 보였던, 무언가 있을 것 같았던 사람들도 각자의 고민과 걱정거리를 안고 산다는 것을.

누구나 저마다의 파도와 치열하게 싸우고 있다는 것을.

재미있으면 그만인

이유이자 목적, '좋아서'

오랜만에 룡룡이와 이야기를 했다. 룡룡이는 요즘 볼링에 재미를 붙였다고 했다. 잘 치진 못하지만, 잘해야 될 것 많은 세상에서, 못해도 재미있는 무언가가 생겨 좋다고 했다. 아이처럼 좋아하는 그녀의 모습에 덩달아 미소가 지어졌다.

"현대의 인간은 모든 일이 다른 어떤 목적을 위해 행해져야 한다고 생각하며, 그 자체를 목적으로 일하는 법이 없다"•는 버트런드 러셀의 말처럼, 대부분 우리에게 주어지는 일들은 무엇을 위해 하느냐는 '목적'을 필요로 한다

• 버트런드 러셀, 『게으름에 대한 찬양』.

(대부분은 돈이다). 그런 와중에 그저 내가 좋아서, 그 자체가 '목적'인 무언가가 있다는 것이 얼마나 행복한 일인가.

"그거 하면 돈이 나오냐?"

종남 씨가 가장 많이 하던 말이다. 서른 먹은 철부지 딸내미는 철저히 그에 반하는 삶을 살고 있다. 서핑을 한다고 돈이 나오는 것은 아니며, 쌀이 나오는 것은 더더욱 아니다. 차라리 땅을 파는 편이 더 빠를 것이다. 게다가 프로서퍼가 되지 않는 이상 유명해지거나 명예가 얻어질 일은 없다(그러므로 적어도 이번 생에는 가망이 없다). 그렇다고 잘하는 것도 아니다.

"그래도 서핑 멋있잖아"라고 생각하는 사람이 있다면, 나는 더더욱 할 말이 없어진다. 초보 서퍼라면, 혹은 서핑을 굳이 하지 않아도 내가 바다에서 뒹구는 모습을 보면, 누구나 이런 생각이 들 것이다. '이딴 걸 대체 왜 하고 있는 거지?'

한국에서 '서핑을 좋아한다'고 하면, 첫 반응은 대개 '멋있다'는 것이다. 아직까지는 익숙하지 않은 스포츠라 그럴 것이다. 그러나 앞서 말했듯이, 멀리 가지 않아도, 내가 바다에서 고독하게 스스로와 싸우고 있는 모습을 10분만 지켜보면 알 수 있다. 파도를 잡을 때보다는 놓칠 때가 오억 배는 많다는 것을. 잘못 덤비면 '드럼세탁기'에 갇혀 빙글빙글 돌다 나오는 일도 부지기수다. 심지어 라인업에 나가는 도중에도 커다란 파도가 덮치면 수면 밑에 처박혀 '물먹는 하마'가 된다. 하도 물을 많이 마신 탓에, 주문받다 나도 모르게 양쪽 콧구멍에서 되새김질하듯 바닷물이 흘러나와 당황한 적도 한두 번이 아니다.

하지만 '이딴 걸 대체 왜 하고 있지'라는 생각조차 떠오를 틈 없이, 파도는 쉴 새 없이 밀려온다. 그리고 그중 단 하나라도 제대로 잡아 타게 되면, 그 기분은 오조 오억 원이 있어도 살 수 없다.

어제도 태평양 바닷물을 한 바가지 먹고, 역대급 드럼세탁기에 들어갔다 나왔다. 그래도 간간이 파도를 잡았고, 파도가 부서지며 만들어낸 멋진 무지개도 보았다.

좋아하는 것, 즐거운 것, 그 자체를 목적으로 살고 있는 지금.

나, 진짜로 행복하다.*

* 이런 표현밖에 쓸 수 없어 송구하고 자괴감이 듭니다.

Step by Step

언젠가의 나는 지금의 나를

'한 발짝, 두 발짝… (철푸덕).'

이번에도 성급했다. 보드 위에서 중심을 잡고 파도의 움직임을 지켜보며, 한 걸음씩 천천히 내디딘다는 것은, 역시 머리로는 이해해도 막상 파도 위에서는 잘 안 된다. 두 걸음도 채 못 디디고 또다시 물을 먹고야 만다.

크로스 워킹Cross Walking(롱보드 위에서 발을 교차하며 걷는 것). 올해 나의 목표 중 하나다. '고프로'로 찍은 내 라이딩 영상을 일본 서퍼 친구 가오리Kaori에게 보여주자, 그녀는 폴짝폴짝 옆으로 내디딘 '게걸음'에 대해 이야기하며, 진짜 서퍼는 '크로스 워킹'을 해야 한다고 했다. 하여 나는 테이크 오프, 사이드 라이딩 연습과 함께, 어설프지만 조금씩 걸음마를 익히는 중이다.

30년 넘게 두 발로 땅을 디디며 살다가 이제 와 물 위에서 걸음마를 다시 익히려니 쉬울 리 없다. 재능은 부족해도 감은 있다고 운동신경도 나름 괜찮다고 착각했었다. 하지만 몸을 움직이는 일이 대부분 그렇듯, 서핑도 재능이나 운으로 쉽게 얻어지는 법이 없다. 노력하지 않으면, 긴 시간을 두고 연습하지 않으면, 절대 늘지 않는다. 다들 보드 위에서 날아다니는데, 나는 뭐가 이렇게 어려운 건지. 이런 생각을 할 때마다 이곳에서 태어난 아이들이 미치도록 부러웠다.

바다에 있다 보면, 아빠들이 네댓 살 정도 되어 보이는 아이들을 보드에 태우고 서핑을 가르치는 모습을 하루에도 몇 번씩 보게 된다. 강사도 따로 필요 없다. 서핑과 함께 성장한 부모들이 직접 아이들을 데리고 서핑을 하는 것은 콩을 심으면 콩이 나듯 자연스러운 일이다. 그런 광경을 보고 있자면, 지금부터 30년을 죽어라 서핑만 해도 저 아이들을 따라잡지 못하리란 생각이 든다. 서른이 다 되어 서핑을 시작한 나에 비해 아이들의 습득 속도는 몇

억 배는 빠를 것이며, 무엇보다도 그들이 내 나이쯤 되면 내가 지금까지 한 PPT 작업만큼 서핑에 익숙해질 것이기 때문이다.

나의 행복을 찾겠다. 다른 사람의 시선으로부터 내 자유를 되찾겠다. 몇 번을 되뇌어놓고도 새파란 하늘과 그 아래 더 푸른 바다를 당연하게 여기며 파도를 탈 아이들을 생각하면 어느새 이런 못난 생각이 피어오른다. 이런 생각에 잠겨 있을 때면 놀이터 아니면 오락실밖에 몰랐던 나의 어린 시절이 원망스러워진다. 그리고 이어지는 밑도 끝도 없는 비교. 세상은 왜 이리 불공평한 것인가. 나는 또 왜 이 정도밖에 안 되는가. 열폭도 이런 열폭이 없다.

이런 못난 나를 다잡아주는 건 또 소중한 서프마이트다. 가오리는 한쪽 가슴이 없다. 한창 젊고 예뻤을 이십대 중반을, 그녀는 유방암을 극복하며 보냈다. 그 결과 삶을 얻은 대신 가슴 한쪽을 잃었다. 없어진 건 가슴 한쪽이지만 불안과 좌절, 고통과 희망을 겪으며 사실은 그보다 많은 것을 잃은 기분이리라. 그러나 그녀는 말했다. 우리가 살아 있고, 함께 서핑을 할 수 있어 기쁘다고. 와인을 잔뜩 마시고 취한 채 그녀와 거실에서 비틀비틀 크로스 스텝을

밟으며, 나는 느낄 수 있었다. 그녀가 누구보다 자신의 삶을 사랑하고 있다는 사실을.

아무래도 그렇다. 과거는 과거일 뿐이다. 우리가 할 수 있는 건 비교나 원망이 아니라, 지금부터 하고 싶은 것을 향해 앞으로 나아가는 것이다. 그러므로 나는 오늘도 보드 위에서 발을 옮긴다. 한두 걸음 내딛고 자빠지기 일쑤지만, 한두 걸음 걷다 보면 서너 걸음 걷고 있을 날이 오지 않을까. 그리고 언젠가의 나는 지금의 나를 부러워하고 있지 않을까.

서핑의 묘미

다 때가 있다. 파도에도, 인생에도

좋은 파도를 놓쳤다 싶으면
더 좋은 파도들이 세트*로 오곤 한다.

어쩌면 인생도 마찬가지다. 2007년, 바야흐로 수능을 마치고 가나다군에 맞춰 입시 원서를 넣었던 시절. 나는 가군과 다군에 지원했던 두 군데의 대학에서 불합격 통보를 받았다. 그러고 가장 가고 싶었지만 확률이 없다고 생각했던 나군의 대학, 학과에 붙었다. 직장도 마찬가지였다. 취업 시즌, 나는 조금이라도 승산이 있다고 생각했던 A 회사의 면접에서 떨어졌다. 그리고 전혀 기대하지

* 서핑하기 좋은 파도가 3~4개 연달아 들어오는 것.

않았던, 더 좋은 조건의 B 회사에 최종 합격했다. 연애도 그랬다. 헤어지고 난 후 세상이 무너진 것만 같고 '이만한 사람을 만날 수 있을까', '다시 사랑을 할 수 있을까'라는 질문이 수없이 떠올라도, 시간이 지나면 더 좋은 사람이 나타났다.

스물여섯, 5년간의 연애를 끝낸 후 인생에서 가장 춥게 맞이했던 겨울(1부의 그때다)에 내게 다가온 몇 명의 남자가 있었다. 힘들고 외로웠던 나는 몇 주 안 되어 바로 다른 사람을 만났다(그 쓰레기). 그리고 이상할 정도로 빠져들었다. 몇 주 뒤, 신사동 가로수길 골목에서 손을 잡고 걷던 그는 난데없이 이별을 고했다. 지금도 이해가 안 되는 말을 다음과 같이 덧붙이며.

"마지막으로 안아줄 수 있어요?"

나는 답했다.

"제가요? 왜요?"

그 뒤 친구의 소개로 또 다른 남자를 만났다. 그는 처음부터 부담스러울 정도로 적극적이었다. 내가 자신의 이상형이라며, 만날 때마다 손편지와 함께 직접 만든 무언가를 선물했다. 이렇게까지 나를 좋아해주는 사람이라면 한 번 만나볼 만하지 않을까 싶었지만, 어느새 나는 그의 일방적인 투머치 애정공세와 자기어필에 지치고 말았다. 하루는 집 앞에서 맥주를 마시며, 내가 힘겹게 '우울증인 것 같다'는 말을 꺼냈더니, 맙소사, 그는 곧바로 자기의 앞날에 대해 이야기하고 있었다. 나는 바로 이별을 고했다. 그는 몇 번을 우리집 앞으로 (선물을 들고) 찾아왔다. 받고 싶지 않았다. 나는 지쳐 있었다. 더 이상 감정 소모를 하고 싶지 않았다.

연애가 해답이 되지 못한다는 점이 어느 정도 명확해졌으니, 혼자 지내보기로 했다. 치료를 받았고, 스스로 행복해지려고 발버둥쳤다. 그리고 몇 달 후, J를 만났다.

파도에 이리 치이고 저리 치이다 보면, 나같이 참을성 없는 인간의 인내심은 너무 쉽게 바닥을 보인다. '에라 모르겠다.' 힘이 다 빠진 팔로 아무 파도에나 뛰어들어 패들을 한다. 99퍼센트는 드럼세탁기거나 타이밍을 놓쳐 누군가의 라이딩을 부러운 눈으로 바라봐야 한다. 기어이 고꾸라지고 나서 다시 뒤를 돌아보면, 나를 조롱하듯 괜찮은 파도들이 들어오고 있다.

힘들다고 아무 파도에 뛰어들거나 외롭다고 아무 인간이나 만나면, 정신적 그리고 육체적으로 많은 에너지가 소모된다. 물론 좋은 경험으로 남을 수도 있겠지만, 계속 반복되면 스스로가 지치고 만다.

나란 인간은 어리석고, 같은 실수를 반복하곤 하니까, 앞으로는 그러지 않을 거라고 100퍼센트 장담할 수는 없겠다. 하지만 인간은 불완전한 만큼 노력할 수 있으니까, 그것 자체에 의미가 있다고 생각하니까, 이것만큼은 잊지 않으려고 한다. 이 파도가 지나고 나면, 더 좋은 파도들이 나를 향해 다가오고 있다는 것을. 분명 더 좋은 기회가 내 것이라고 찾아온다는 것을.

HAND-
CRAFTED
BY US
BISTR
TACO
BOY

KFC

파도, 바다, 그리고 나

좋아하는 것을 안다는 행운

종남 씨는 강인한 여성이었다.

대한민국이라는 나라에서 기술 없고 돈 없는 사십대 여자가 혼자 아이 둘을 키워낸다는 건 쉬운 일이 아니다. 종남 씨는 닥치는 대로 일을 했다. 청소를 했고, 책을 팔았고, 때로는 보험을 팔았고, 또 청소를 하고, 또 보험을 팔고, 가끔은 비누를 팔았다.

동시에 종남 씨는 대단한 인간이었다.

뭐 하나 허투루 하는 법이 없었다. 바쁜 와중에도 매일 아침 손수 음식을 만들었고(우리 종남 씨는 정크푸드라면 질색한다), '서예 준비물'을 챙겨오라고 하면 학교 앞 문방구가 아닌 홍대 화방으로 달려가 최고급 '족제비털 붓'과 함께, '이걸 대체 왜 초등학생이 쓸까' 싶을 정도로 커다란 벼루를 사왔다. 내가 반장이나 부반장을 할 때면, 시간을 쪼개서라도 담임 선생님을 위한 3단 도시락을 손에 들려 보냈다.

"애비 없는 자식이라는 소리 듣게 하고 싶지 않았어."

이런 말을 언젠가 들었던 것 같다. 덕분에 나는 '가정폭력'과 '부모의 이혼'이라는 콤플렉스를 지녔음에도(그때는 콤플렉스라고 생각했다. 물론 지금은 아니다), 꽤나 유쾌한 아이로 성장했다. 그리고 철모르고 자라는 특권을 누릴 수 있었다.

초등학교 4학년 시절, E가 걸스카우트를 한다는 이야기를 듣고 나도 하고 싶다고 졸랐다. 꽉 빼입은 E의 유니폼은 상당히 멋져 보였고, 거기에 들어간 돈까지 생각하기에 나는 어렸고 또 어리석었다. 종남 씨는 안 된다고 했다. 아마도 나는 투정을 부렸거나 떼를 썼던 것 같다(내가 그녀였으면 내쫓았을 것이다).

몇 달 뒤, 학교에 처음으로 '해양소년단'이라는 단체가 새로 생겼는데 이상하게도 종남 씨는 해양소년단을 하도록 허락해주었다(해양소년단의 일련의 활동을 살펴보면, 장담

컨대 걸스카우트보다 돈이 배는 들었을 것이다). 나는 해양소년단 단원이 되어 고무보트와 카누 등을 탔고, 커다란 선박들을 견학했다. 고학년이 되어서는 '갑판사'* 라는 간부 역할까지 했다. 간혹 다른 학교 해양소년단과 보트 혹은 수영 시합이 있었는데, 나는 수영도 할 줄 몰랐으면서 무슨 깡에서였는지 바다에 뛰어들어 이기려고 발버둥을 쳤다(물론 구명조끼를 착용했다). 그 소식을 들은 종남 씨는 대번에 나와 동생을 수영장에 등록시켰다.

앞서 말했듯, 종남 씨는 물이라면 질겁한다. 어렸을 적 물에 빠져 한쪽 귀의 청력을 거의 잃을 뻔했다. 그래서였을까, 구명조끼 없이도 충분히 헤엄을 칠 수 있을 정도로 나와 동생은 수영을 배웠고, 또 즐겼다. 물속에 있으면 편안했다. 주말이면 누가 시키지 않아도 우리는 스포츠센터에 '자유수영'을 하러 갔다. 게다가 바다라면 사족을 못 썼다. 바닷물도 좋고, 모래도 좋고, 바다 냄새도 좋고, 심지어는 바다가 선물하는 모든 일용할 양식들도 사랑했다(별명이 회식주의자다).

* '갑판장' 아래 직급이다. 갑판장은 남자애가 했다. 남자이기 때문이었다.

"좋아하는 게 있어서 좋겠다."

회사를 그만두고 호주로 떠나겠다고 했을 때, 나의 망한 인생에 대해 친구들은 '부럽다'고 이야기했다. '내가 무엇을 좋아하는지를 안다'는 것을 사람들은 신기해했다. '좋아하는 것을 어떻게 찾았느냐'라는 질문에는 사실 뾰족하게 답할 재간이 없다. 어찌 보면 모든 건 우연이었다. 서핑이 대중적이지 않았던 시절, 문화 얼리어답터인 광고인 친구들이, 물을 겁내지 않고 바다라면 사족을 못 쓰는 나를 바다로 데려갔을 뿐이다.

하지만 한편, 이걸 찾기 위해 나는 수많은 시도를 했다. 인생에서 가장 혹독했던 그 겨울, 나에게는 내가 빠져들 만한 무언가가 절실하게 필요했다. 나는 책을 읽고, 영화를 보고, 기타를 쳤고, 보컬 레슨을 등록했다. 이뿐만이 아니다. 매일 걸었고, 자전거를 탔고, 만화를 그렸고, 캘리그래피를 배웠다. 이렇게까지 많은 '시도'를 해봤던 경험은 내 인생 전반에 큰 깨우침을 남겼다.

무엇이든 시도해볼 수 있다는 것. 시도하기 전에는 알 수 없다는 것.

처음 해보는 일은 계획할 수 없습니다. 혁신은 계획으로 이루어지지 않습니다. 혁신은 다양한 시도를 하고 계획을 끊임없이 수정해나가는 과정에서 이루어집니다. (…) 특히 처음 해보는 일에서는 계획보다 실행력이 더욱 중요합니다.

- 정재승, 『열두 발자국』

"Surfing, that ruined the life."
(서핑이 인생을 망쳤어.)

가끔 서퍼 친구들이 농담처럼 하던 말이다. 여기에 나는 이 말을 덧붙였다. "And that created the real one(그리고 진짜 인생을 만들었지)." 서핑은 말 그대로 내 인생을 망가뜨렸다. 그리고 진짜 인생을 시작하도록 만들었다.

서핑은 나를 현재에 잡아둔다. 거친 파도에 맞서고, 파도를 읽고, 파도와 호흡하는 그 순간만큼은 과거에 대한 미련도, 미래에 대한 걱정도 하얀 거품처럼 아무것도 아닌 것이 되어버린다. 서핑은 파도처럼 밀려왔던 내 삶을, 지금, 찰나뿐인 내 인생을 사랑하지 않을 수 없도록 만든다.

모 기업 면접에서 "가장 행복했던 순간이 언제였느냐"는 질문을 받은 적이 있다. 나는 "원하던 대학, 학과에 합격했을 때"라고 답했다. 실제로 당시에는 방방 뛰면서 감격의 눈물을 흘렸더랬다. 그러나 지금의 내가 같은 질문을 받는다면, 나는 아마도 이렇게 답할 것 같다.

처음 파도를 알았을 때, 처음 파도를 잡았을 때, 그리고 오늘 아침에 새로운 파도를 잡았을 때.

〈작전명 서핑〉이라는 다큐멘터리가 있다. 원제는 '다시 수면 위로 떠오르다'라는 뜻의 'Resurface'다. 영상 속에는 미국의 퇴역 군인들이 등장한다. 이들은 팔, 다리, 시력 등 신체의 일부분을 잃었거나, 끈질긴 전쟁의 기억으로 우울증과 같은 정신질환을 앓고 있었다. 그들을 위해 미국이 생각해낸 칭찬받을 만한 방법은 글쎄, 서핑을 가르쳐주는 것이었다. 군인들은 해변에 모여 설명을 듣고, 연습을 하고, 바다로 나가 파도를 탄다.

이후로 이들의 병이 나아졌는지, 서핑이 어떤 영향을 끼쳤는지는 정확히 알 수 없다. 다만 자살 충동이 줄어들었고, 약을 조금씩 줄였다는 몇몇 군인들의 인터뷰를 통해, 긍정적인 영향을 끼쳤음을 유추해볼 수 있다. 영상의 끝에는 이런 내레이션이 나온다. 나에게도 서핑은 이런 의미였다.

If someone's thinking about the waves tomorrow

They're not gonna kill themselves today.

I see the future where doctors are literally writing prescriptions

That may include the pharmaceuticals,

but also include a surf session.

Surfing is medicine.

만약 누군가 내일의 파도를 생각한다면,

그 사람은 오늘 자살할 수 없을 겁니다.

먼 훗날 의사들이 처방전을 쓸 때는

약과 함께

서핑 레슨도 있을 겁니다.

서핑은 나를 살게 하는 약입니다.

PART 5

컷백

돌아오다, 돌아보다

Cut-back

'컷백'은 서퍼가 라이딩하던 방향을 바꿔 파도가 깨지는 쪽으로 돌아가는 기술을 말한다. 거품처럼 사그라지는 파도 위로 몸을 틀면 파도는 찬란한 영광의 순간을 좀더 오래 맛보여준다. 오던 방향으로 다시 돌아감으로써, 더욱 길게 라이딩할 수 있는 것이다. 그래서 내가 자유롭게 파도 위를 돌아가며 라이딩을 할 수 있는가 하면 그렇지는 않다. 컷백은 꽤 어려운 동작이다. 내가 지나온 길을 돌아보는 일이 사실은 앞만 보고 달려가기보다 어렵다고 말하는 것처럼. 더 오래 행복하기 위해선 더 많은 연습이 필요하다고 말하는 것처럼. 하지만 나아가기 위해, 즐겁게 살기 위해 우리에겐 때때로 돌아갈 시간이 필요하다.

지난 일 년간

고작 두 편의 영화를 봤다.

핑계를 찾자면 이것뿐.

그 어떤 스토리보다

내 인생이 재미있어서.

파도를 보는 눈

스스로 깨달아야 하는 것들

"이건 어때?"

"너무 얇아! 빨리 부서져버릴 거야."

"그럼 이건?"

"너무 두꺼워. 부서지지 않을 거야."

"어떻게 알아, 그걸?"

"…그냥."

파도를 잘 타기 위해서는 좋은 파도를 알아볼 수 있어야 한다. 좋은 파도란 내가 탈 수 있는 적당한 크기의, 클로즈 아웃Close out(파도가 커튼처럼 한꺼번에 닫히는 것)되는 것이 아닌, 양쪽 혹은 한쪽으로 부서지는 것이다. 너무 크거나 작아도 안 되며, 너무 얇거나 두꺼워도 안 된다. 이렇듯 까다롭다 보니, 나 같은 초보는 여간 속이 터지는 일이 아니다. 도대체 파도가 깨지기 전에 모양만 보고 어떻게 아는 거지? 그러고 보니 이 질문을 한국에서도 했었더랬다.

아마도 설악 비치였던 것 같다. 옆에서 멋지게 숏보드를 타던 언니(멋있으면 다 언니)에게 물었다. “좋은 파도를 어떻게 알아봐요?” 멋진 언니는 답했다. “바다에 오래 있으면 알게 돼요.” “그렇구나….” 그때는 마치 ‘서당개 삼 년이면 풍월을 읊는다’처럼 맞지만 고루한 말이라고 생각했다.

그러나 대부분의 진리는 진부하고 그래도 옛말에 틀린 건 없다. 시간이 지나면 알게 된다는 말은 일(나의 경우 광고)에도 똑같이 적용된다. 호주에 오기 전, 한 해 동안 내가 속했던 광고 동아리에서 대학생들을 대상으로 멘토링을 했었다. 대학생들이 현직 광고인들과 함께 광고를 공부하고, 과제를 수행하고, 피드백을 받는 시스템이다. 처음 멘토링 제안을 받았을 때, 나는 극구 사양했다. 내가 멘토라니, 생각만 해도 손이 오글거리고 속이 울렁거렸다. 그럴 '짬'이 되지 않는다고 생각했다. 수차례의 추가 제안에 한번 해보겠다고 했고, 그렇게 시작한 멘토링에서 나는 나의 새로운 모습을 발견했다.

"광고는 어떻게 하는 거예요?"

"어떻게 하면 카피를 잘 쓸 수 있나요?"

이는 내가 대학생 시절부터 신입사원, 그리고 갓 대리를 달았던 때까지 선배들에게 주구장창 했던 질문이었다. 대부분 선배들은 이렇게 말했다. "나도 몰라", "많이 하다 보면 익숙해져."

짬이란 이런 걸까. 광고밥을 먹은 지 어느덧 4년, 대학생 친구들이 수행한 과제에서 논리적 혹은 크리에이티브적으로 부족한 부분이 보였고, 어떻게 하면 더 낫게 만들 수 있을지에 대한 해답이 어렴풋이 떠올랐다. 물론 광고에는 답이 없고, 좋은 아이디어란 상대적인 것이다. 다만 브랜딩 혹은 마케팅을 하는 관점에서 내 의견을 피력할 수 있는 '짬'이 생겨나 있었다.

며칠 전에는 홀로 바다에 있었다. 온 쇼어On shore*라 파도는 상당히 지저분했고, 덕분에 서퍼들은 자취를 감추었다. 탈 만한 파도가 없을 걸 알면서도 나갔던 이유는 그저 몸이 근질거렸기 때문이다. 한 시간 뒤, '역시 이런 날은 나오는 게 아니야'라는 생각이 모락모락 피어날 즈음, 멀리서 뭔가 다가오는 것이 보였다. 희미하지만 파도의 모양을 하고 있었다. '가도 될까?' 하는 생각과 함께 패들을 하기 시작했다. 가까이 올수록 패들을 더 힘차게 했다. 그리고 테이크 오프.

짧았지만 부드러운 라이딩이었다. 그렇게 나는 세 시간을 더 바다에 있었다. 해변으로 돌아오니 이미 해가 저물고 있었다. 친구와의 저녁 약속에 늦어 서두르면서도, 나는 분명 느꼈다.

어디에든 질문할 수 있지만, 결국 스스로 깨우쳐야만 하는 것들이 있다고.

• 바람이 파도와 같은 방향으로 불어 파도가 지저분해지는 것. 반대를 오프 쇼어Off shore라 한다. 온 쇼어에서 바람의 세기가 강할 경우 파도를 거의 탈 수 없다고 보면 된다.

The Biggest Wave
막상 실제로 타보면

"We can fix it. I promise."

벨기에에서 온 친구 야니Yani가 자주 하던 말이다. 자동차가 말을 안 들을 때에도, 파도가 너무 커 나가기 힘들어 보여도, 그녀는 뭐든 해결fix할 수 있다고 했다. 그리고 신기하게도, 대부분의 문제들은 정말로 해결되었다. 그런 그녀의 마인드가 나는 좋았다. 마치 콜드플레이의 〈Fix you〉를 재생하듯, 묘하게 위로가 되었기 때문이다.

J가 호주행 비행기 티켓을 취소해야 할 것 같다고 말해왔다. J의 호주 여행은 우리가 석 달 전부터 이야기했던 것이었다. 우리의 계획은 이랬다. 내 비자가 끝나갈 시점, J

가 누사로 와서 2주간 이곳을 여행한 뒤 함께 한국으로 돌아간다. 그런 일정을 상상하며 두 달 전, 그는 선샤인 코스트행 비행기 티켓을 끊었다. 나는 몇 달 전부터 설레고 있었다. 보여주고 싶은 것이 너무 많았다. 지구에서 가장 사랑하게 된 이곳에서, 사랑하는 사람과 함께 있고 싶었다.

문제는 막상 날짜가 다가오니, 회사에서 직접적으로 가지 말라는 말만 안 할 뿐, 너무 눈치가 보인다는 것이었다. 부장님도 신혼여행을 일주일 다녀왔다나 뭐라나. 나는 울분을 참을 수 없었다. 그렇게 고생해서 일한 직원에게 일 년에 단 한 번, 2주의 휴가도 줄 수 없는 회사에 대해. 그런 회사에서 눈치를 보며 비행기 티켓을 취소하겠다고 말하는 J에 대해. 물론 가장 힘든 건 J일 테다. 한국의 회사는 돈을 주면 직원들의 인생을 살 수 있다고 생각하는 것 같다. 그 안에서 J가 느꼈을 무력감을 생각하니 마음이 아팠다.

그러는 한편, 우리가 서로를 이해하기에 너무 멀리 와 버린 것은 아닐까 하는 생각이 들었다. 더는 모든 것을 공유할 수 없다는 한계가 느껴졌다. 그 감정은 곧 다시 만나도 우리가 예전과 같을까 하는 두려움으로 발전했다. 이런 이야기를 털어놓자, 야니는 말했다.

"엊그제 기억해? 파도가 너무 커서 무서워 죽을 것 같다고 했잖아. 근데 큰 파도를 잡고 난 뒤, 너는 더 강해져 있었어. Everything is gonna be fine. I promise!"

이틀 전의 일이었다. 곳곳에서 들려오는 파도 소식에 며칠 전부터 친구들은 상기되어 있었다. 차트를 다시 확인하고, 서프 캠Surf Cam까지 들여다본 뒤, 아침 일찍 티트리 베이Tea Tree Bay로 향했다. 집채만 한 파도가 나를 집어삼킬 듯 들어오고 있었다. 무서워 죽을 것 같다고, 자신이 없다고 말하자, 야니는 또 "할 수 있어. 도와줄게"라며 'Promise'했다. 어느새 우리는 큰 파도를 향해 거침없이 패들을 해 나가고 있었다. 그때는 몰랐다. 파도가 큰 날의 티트리 베이는 조류도 그만큼 세고, 나 같은 초보는 엄청난 조류에 휘말려 다치기 십상이라는 것을.

조류는 나를 암벽으로 끌어갔다. 보드가 다칠까봐 내 몸을 던졌다. 물에서 나오니 야니를 비롯한 사람들이 소리를 질렀다. 조금 쓸린 줄 알았던 허리 뒤에서 피가 철철 흐르고 있었다. 생각보다 아프진 않았다. 아니, 아프기 싫었던 걸까. "괜찮아?" 묻는 말에 "응!" 하고 답했다. 다시 나가고 싶었다.

매서운 맛을 본 만큼, 조심조심 바다로 나갔다. "괜찮아, 할 수 있어!" 야니가 옆에서 도와주고, 응원해주었다. 그리고 몇 번의 시도 끝에, 나는 인생 파도를 잡았다.

미래에 대한 두려움은 때로는 거대한 파도처럼 나를 집어삼킬 듯 밀려온다. 파도는 눈앞에 있을 때 가장 커 보인다. 하지만 막상 파도 위에 올라타면 생각보다 괜찮다는 것을 금세 깨닫게 된다. 오지 않은 일이라서, 겪어보지 않은 파도라서 더 커보이는 것일 수 있다.

몇 주 후, J가 호주에 왔다. 11개월간 우리를 벌려놓았던 거리는 몇 번의 시시콜콜한 농담과 대화들로 다시 좁혀졌다. 우리는 여전히 즐거웠다. J는 여전히 지구상에서 나를 가장 사랑하고 이해하는 사람이었다.

We are young

젊게 늙는다는 것

써니Sunny 언니와 데이비드David 커플을 처음 만난 것은 누사에 막 도착해 구경하러 간 파머스 마켓Farmer's Market에서였다. 한국 사람인 써니 언니와 뉴질랜드 출신 호주인인 데이비드는 시드니에서 만난 커플이었다. 필요할 땐 언제든 연락하라며 번호를 적어준 쪽지를 나는 잃어버렸고, 그 후 일을 구하고 서핑을 하며 그들과 만났다는 사실이 아득해져갈 때 즈음, 우리는 파머스 마켓에서 다시 만났다(돌이켜보면 얼마나 다행인지 모른다). 그 후 언니네 커플은 가끔 내가 일하는 곳에 와서 저녁을 먹고, 마켓에서 샀는데 많다며 신선한 망고를 한아름 안겨주기도 했다.

시간이 흘러 한국으로 돌아갈 날이 얼마 남지 않자, 언니는 자기네 집에 꼭 한번 초대하고 싶다고 했다. 좋아하는 선물 가게에서 드림 캐처를 고른 뒤 도착한 언니네 작은 집 앞에는 무화과나무가 자라고 있었다. 매일 하나씩 생기고, 또 커가는 열매를 보는 일에 푹 빠져 있다는 그녀의 마음이 사랑스러웠다. 언니가 손수 만든 김치와 떡갈비, 두부부침, 올리브유를 곁들인 샐러드를 저녁으로 먹으며, 우리는 서로의 삶에 대해 이야기했다. 그리고 나는 믿기지 않는 사실을 알게 됐다. 그들의 나이였다.

해외에 있다 보면, 대체로 동양인이 서양인에 비해 어려 보인다는 것을 금방 눈치챌 수 있다. 한국에서는 노안으로 유명했던 나도, 함께 일하는 친구들이나 손님들에게 나이를 이야기하면 '어떻게 그럴 수가 있어? 주름은 대체 어딨는 거야?' 하는 반응을 이끌어낸다. 하지만 아무리 그렇다 쳐도, 동글동글 귀여운 얼굴의 써니 언니가 쉰에 가까운 나이라는 것, 데이비드가 다섯 살 연하라는 것은 도저히 믿기 힘들었다.

언니는 마흔이 넘어 호주에 왔다고 한다. 유학원을 다니던 언니가 시드니의 횡단보도에서 신호를 기다리던 중, 데이비드가 말을 걸어온 것이 운명적 사랑의 시작이었다.

이후 그들은 시드니의 집을 정리한 뒤 자동차를 직접 개조해 만든 캠퍼밴으로 두 달간 로드트립을 떠났으며, 여행 중 우연히 들른 누사가 마음에 들어 정착하게 된다. 언니는 이곳에서 처음 운전을 배웠고, 사업을 시작했다. 그녀의 나이 마흔 중반의 일이었다.

입사 직전 겨울, 홀로 부산국제영화제를 간 적이 있었다. 그곳에서 본 서너 편의 영화들 중 가장 감명 깊었던 작품은 야외극장에서 본 〈아버지의 자전거〉다. 〈아버지의 자전거〉는 폴란드 영화로, 집 나간 할머니를 찾아 떠나는 삼대의 이야기다.

어느 날 할머니가 할아버지에게 쪽지 한 장을 남겨두고 집을 나간다. 할아버지는 급히 아들에게 연락을 하고, 아들, 손자와 함께 할머니를 찾아나선다. 그 과정에서 이들은 몰랐던 가족의 모습을 발견하고, 비로소 서로를 조금씩 이해하기 시작한다. 우여곡절 끝에 그들은 할머니를 찾는 데 성공한다. 그러나 다른 남자와 함께 있는 할머니의 모습을 훔쳐본 할아버지는, 그대로 발걸음을 되돌린다. 할머니는 난생처음 운전을 배우며 소녀처럼 웃고 있었다.

할머니를 소녀로 되돌아가게 만든 것은 설레는 사랑이

었을까, 아니면 새로 시작한 인생이었을까, 어쩌면 둘 다였을까. 써니와 데이비드로 하여금 함께 여행을 떠나고, 새로운 곳에서 삶을 시작하게 만든 것은 무엇이었을지, 얼마나 큰 용기가 필요했을지, 여전히 나는 알 수가 없다. 다만 '나이는 숫자에 불과하다'는 유명 광고 카피가 적어도 거짓은 아니라는 사실만큼은 느낄 수 있었다.

우리는 여전히 젊다.
그리고, 나는 될 수 있으면
계속 젊게 늙고 싶다.

This is what friends for

친구를 만난다는 것, 친구가 된다는 것

갑자기 눈앞에 다른 서퍼의 보드가 닥쳐왔다. 파도를 타고 다가오는 서퍼를 피한 순간, 그도 같은 방향으로 돌진해버린 것이다. 바다에 나가자마자 순식간에 일어난 일이었다. 미안하다고, 괜찮으냐고 묻는 그의 얼굴을 확인하니 어린 소년이었다. 제대로 피하지 못한 나의 잘못이 컸기에 괜찮다고 말하고 비치로 돌아와서 보니, 보드의 노즈 부분이 손가락 두 개 너비만큼 떨어져나가 있었다. 파도 한 개도 못 잡았는데. 눈물이 핑 돌았다.

한창 짐 정리 중인 스투이의 가게를 찾았다. 스투이는 자신의 가게를 정리하고 발리로 이사를 할 예정이었다.

나를 반갑게 맞이하는 그의 얼굴을 보자마자 참고 있던 눈물이 터져버렸다. 무슨 일이냐고 묻는 그에게 나는 보드를 내밀어 보여주었다.

"괜찮아. 진정해. 내가 고칠 수 있어."

내일도 파도가 좋을 것이니, 그 전까지 고쳐주겠다고 말한 스투이는 점심 내내 보드의 상처난 부분을 깎고 레진을 덧발라 수리했다. 햇볕에 두고 말리기만 하면 되는 것이었다. 글라스로 수리한 게 아니어서 완벽하진 않지만, 당분간 타기에는 괜찮을 것이라고 그는 말했다. 스투이와 함께 마실 커피를 사러 들른 카페에서 샘의 얼굴을 보자 나는 또다시 울컥했다. 너희들은 다 왜 이렇게 친절한 거야. 나는 왜 이렇게 운이 좋은 거야. 그러자 샘이 말했다.

"This is what friends for."

(친구란 이런 거지.)

어른이 되면 친구를 사귀기 어렵다고들 한다. 사회에서 만나는 사람들은 아무래도 우정으로만 엮이기에는 그 관계가 복잡하기 때문일 것이다. 하지만 그 안에서도 우리는 친구를 만난다. 억지로 만들려고 하는 것이 아니라, 저절로 생기는 것이다. 특히 취향이 비슷하고, 함께 좋아하는 것에 대해 이야기 나눌 수 있다면, 그 대화들은 우정이라는 이름으로 서로의 마음에 스며든다.

나는 이곳에서 좋은 친구들을 참 많이 만났다. 우리는 함께 와인을 마셨고, 파도와 서핑에 대해 이야기했다. 그들은 내게 힘든 일이 있을 때마다 기꺼이 도움과 위로를 건네었으며, 나는 진심으로 감사한 마음을 담아 정성껏 요리를 만들어 선물했다. 함께 탔던 파도, 함께 거닐었던 누사의 낮과 밤 때문일까. 떠날 날이 다가올수록 나는 친구들의 얼굴을 마주할 때마다 자주 울컥했다.

Your Breath blows in the wind and rustles tea trees in Noosa. Our memories and friendship are unbreakable by distance and unchangeable by time.

- Your bf, KT(Kaori Tokuhisa)

네 숨결이 누사의 바람에 섞여 불고 누사의 티트리를 간지럽혀. 우리가 함께한 기억과 우정은 멀리 있다고 멀어지지 않고, 시간이 지난다고 빛바래지 않을 거야.

- 너의 베스트프렌드, 가오리가

지구 반대편에서 만난 모든 인연들을, 나를 울고 웃게 한 수많은 얼굴들을, 나는 아마도

평생 잊지 못할 것이다.

춤추듯, 물 흐르듯

힘을 빼고, 자연과 하나 되어

3월, 누사는 롱보드 페스티벌Longboard Festival•로 시끌벅적했다. 스티브Steve는 시드니에서 온 보드 셰이퍼Board Shaper(서프보드를 만드는 사람)였다. 레스토랑에 저녁을 먹으러 온 스티브와 그의 가족 수지Suzy와 함께 우리는 서핑과 보드에 관해 실컷 수다를 떨었다. 그는 유명 셰이퍼이자 서퍼로, 페스티벌 경쟁 부문Competition에도 나간다고 했다. 나는 그의 라이딩을 꼭 보고 싶었다.

다음 날, 우리는 비치에서 다시 만났다. 경기 중간 쉬는

• 보통 누사의 파도가 가장 좋은 3월에 열린다.

시간, 서핑을 하러 나가는 그를 따라나섰고, 그의 멋진 라이딩을 옆에서 볼 수 있었다.

"와, 어떻게 그렇게 탈 수 있어?"

"그냥 춤추듯 자연스럽게 하면 돼."

그의 라이딩은 아주 가벼웠다. 부드럽게 터닝하는 보드는 말 그대로 파도와 하나가 되어 움직이고 있었다. 나도 뒤따라 파도를 잡았다. 힘을 빼고 파도의 리듬에 나를 맡겼다. 내 라이딩을 본 스티브가 말했다.

"너 스타일 괜찮던데. 좋아, 계속 연습해!"

기분이 날아갈 것 같았다.

롱보드 페스티벌에 맞춰 돌아온 아키와 함께 일주일간 서프 트립Surf Trip을 떠났던 때였다. 동쪽 해안을 따라 골드코스트에서 바이런 베이로 이어지는 여정으로, 우리는 캠퍼밴을 빌려 두 개의 보드를 싣고 파도가 있는 곳을 찾아다녔다. 아키와 내가 가장 사랑했던 곳은 단연 바이런 베이였는데, 그곳에서 나는 보고도 믿기지 않는 경험을 했다.

바다에 함께 있으면, 아키는 늘 여유로웠다. 무작정 패들을 하지도 않고, 보드에 앉아 좋은 파도를 기다리며, 사람들과 자연을 관찰했다. 그날도 파도를 좇는 데 혈안이 되어 있었던 나에게, 아키는 자기가 발견한 보물들을 빠짐없이 알려주고 있었다.

"나 방금 거북이 봤어!"

"와, 정말?"

"미아 옆에 지금 돌고래!"

"어? 돌고래?"

1미터 남짓한 거리였다. 내 옆에서 춤추던 돌고래 커플을 눈으로 직접 본 순간, 나는 돌고래 초음파를 발사하고 말았다. 이목은 순식간에 집중되었다(아마 상어가 나타난 줄 알았을 것이다). 바다 위에 떠 있던 모든 서퍼들이 함께 돌고래의 춤을 감상했다.

"You're so lucky!"

"I know!"

그 구역의 행운아는 단연 나였다. 나는 울고 있었다. 인생이 이렇게까지 황홀해도 되나 싶었다. 아키에게 감사했다. 그리고 바다에게, 자연에게, 서핑을 할 수 있음에 감사했다. 서핑을 하며 우리는 바다의 섭리를 배우고, 파도의 리듬을 따랐다. 춤추듯, 물 흐르듯. 자연과 함께 호흡하는 법을, 나는 아키와 스티브, 또 모든 서퍼들에게 배웠다.

더 멀리, 더 깊이!

누사에서의 일 년을 돌아보다

"여기 있으면 위험하고요, 저기는 사람들한테 방해돼서 안 돼요. 멀리 나가면 파도 잡기 힘들 거예요. 워낙 잘 타는 사람이 많아서…."

퍼스트 포인트에 갓 입수한 초보 서퍼에게, 로컬이라는 한국인 서퍼분은 이런저런 조언을 해주었다. 덕분에 나는 초보니까 늘 바다에 나가는 게 조심스러웠고, 나는 초보니까 패들을 하다가도 옆 사람이 무섭게 패들을 시작하면 멈추었고, 나는 초보니까 멀리 나가서 큰 파도를 잡아 타는 일은 꿈도 꾸지 못했다.

"거기 있으면 파도 못 잡아! 안으로 들어와!"

"더 멀리 나가자! Get out of back!"

"눈치껏 드롭도 해봐. 실수하면 미안하다고 하면 되지!"

'초보'라는 단어에 갇혀 모든 것이 조심스러웠던 나에게, 이곳에서 만난 친구들은 더 멀리 나가라고 했다. 죽어라 패들하고, 끝까지 멈추지 말라 했다.

"그렇게 해야 좋은 파도를 잡을 수 있어."

조금씩 나는 바뀌기 시작했다. 더 멀리, 더 깊이, 패들! 라인업 경쟁에 나가는 게 덜 두려워졌다. 옆 사람이 무섭게 패들하면 나도 이를 악물고 했다. 그렇게 깨달았다. 시도를 하지 않으면, 밖으로 더 멀리 나가지 않으면, 좋은 파도는 잡을 수 없다는 것을.

돌아갈 날이 얼마 남지 않아서일까, 자주 돌아보게 된다. 1년 가까이 지내온 날들. 밖으로 나온 지금에서야 보고, 배우고, 느끼게 된 것들. 떠나오지 않았더라면 알 수 없었을 행복들을.

The Last Wave

마지막 선물

3월의 마지막 날이자 호주에서의 마지막 날. 나의 계획은 이랬다.

"오전에 마지막 파도를 타고, 오후에 타투를 새길 것."

갑자기 웬 타투냐면, 일주일 전에 우연히 KK와 나눈 대화 탓이다.

KK는 단골 펍에서 일하는 친구다. (아직까지 나는 그녀의 본명을 모른다.) 일주일 전, 우리는 샘의 카페에서 만났다. 그녀는 보여줄 것이 있다며 등을 깠다(?). 그녀의 하얀 등 위에는 알록달록 새겨진 '이상한 나라의 앨리스' 캐릭터들이 있었다. 와우. 그런 타투는 처음이었다. 그녀는 시계를 든 토끼와 담배를 피우는 벌레 등 앨리스에 나오는 캐릭터들을 하나하나 새겨가고 있었다. 현재진행형이었다. "너무 예뻐!" 나의 열띤 반응에 KK는 "너도 하나 해"라며 나의 마음에 불을 질렀다.

사실 타투를 생각해보지 않은 건 아니었다. 길을 걷다 보면 타투 하나쯤 없는 사람을 찾기 힘들 정도로, 이곳에서 타투는 무척 흔하다. 그렇기에 호주에 도착하자마자 내가 처음으로 가졌던 생각 중 하나는 '타투 하고 싶다'였다. 몇 달 뒤, 같은 이유로 나는 그 생각을 접었다. '너무 흔하잖아.'

이번에는 상황이 달랐다. 사랑스러운 캐릭터로 채워지고 있는 KK의 등은 너무 아름다웠다. 갑자기 타투를 해야겠다는 격한 충동이 일었다. 그러나 그 생각은 곧 본질적인 문제에 부딪힌다. "한번 새기면 평생을 함께할 텐데, 대체 뭘 새겨야 할지 모르겠어." 그러자 KK가 물었다.

"네가 여기서 가장 인상 깊었던 게 뭐야?"

답은 단순했다. 1초의 망설임도 없었다.

"The Wave."

그래, 누사의 파도를 가져가자. 수십 개의 도안을 찾아보고, 어떤 부위에 넣을 지 고민한 뒤, 가까운 타투숍에 예약을 했다. 타투를 하면 당분간 물에 들어갈 수 없고, 나는 떠나는 그날까지 파도를 타고 싶으니, 날짜는 당연히 떠나는 당일이 되었다.

마지막 날 아침, 눈을 뜨자 왼쪽 가슴 위쪽, 쇄골 밑으로 일주일 전부터 시작된 통증이 다시 찾아왔다. 출국을 앞두고 한 번이라도 더 타고 싶어 매일같이 패들을 해댔으니 무리가 갈 만도 했다. 통증이 심해지는 것 같았지만(같은 게 아니라 심해지는 거였다. 결국 나중에 정형외과에서 치료를 받아야 했다), 병원은 한국에서 가면 된다(실제로 한국에 도착해서야 병원에 갔다). 30시간 뒤면 나는 한국에 있을 것이다. 그러니 한 번이라도 더, 누사의 파도를 가져가야지. 이런 생각을 하며 가오리와 함께 바다로 향했다.

눈부신 태양 아래로, 반짝이는 파도가 끊임없이 들어왔다. 3월의 누사는 정말이지 축복받았다. 애석하게도 이날 내 몸 상태는 축복을 살짝 비껴갔지만. 라인업으로 나가기 위해 보드를 들자 찌릿하고 가슴 근육이 저려왔다. 통증 때문에 패들을 하는 팔에 힘이 잘 들어가지 않았다. 그래도 멈출 수가 없었다. 한 번만, 마지막으로 한 번만 더

잡고 싶었다. 몇 번의 시도 끝에, 마침내 테이크 오프에 성공했다. 그리고, 보드 위에서

하나

둘

걸음을 옮기고,

다시

하나

둘

백스텝까지.

넘어지지 않은 건 처음이었다.

사람이 사건을 만나면

다시 돌아갈 수 있을까

"불안하지는 않아요?"

독립출판물 『바다로 퇴근하겠습니다』• 북토크에서 가장 많이 받았던 질문 중 하나다. 사람들은 내 이야기에 호기심을 보였고, 무엇보다 서핑홀리데이 이후의 삶을 궁금해했다.

"불안하죠. 돈이 없으니까요."

실제로 나는 불안하다. 좋아하는 방식대로 살아가는 데에는 그만한 대가가 따르기 마련이다. 하지만 다시 회사로 돌아간다고 해서 이 불안이 없어질 것이라고는 기대하

• 2018년 5월 17일 발행. 가까운 독립서점에서 만나볼 수 있다.

지 않는다. '인간은 완전히 불완전한 존재'라는 말처럼, 누구나 불완전하고, 불안하니까. 하지만 불안이 곧 불행은 아니니까.

한국에 돌아오자마자 나를 반긴 것은 뿌옇고 매캐한 미세먼지였다. 마치 바닷속에 잠긴 도시 같았다. 사람들은 바빴다. 버스는 교통카드를 찍기도 전에 출발했다. 모든 것이 여전했다. 여전해서 편했고, 여전해서 슬펐다. 김연수 소설가는 이런 느낌을 다음과 같은 말로 표현했다.

정겨운 지옥

– 김연수, 『언젠가, 아마도』

여행자들이 입국장에서 느끼는 복잡미묘한 마음을 이토록 적확하게 표현한 말이 있을까. 인천공항에 들어섬과 동시에 나는 남영역 근처 순댓국집이 미치도록 그리웠다. 순댓국에 막걸리를 한 사발 들이켜자 돌아왔다는 안도감이 들었다.

이후 몇 주간, 나는 내가 나고 자란 이곳, 서울에 적응해야 했다. 언제부턴가 말이 통하지 않는 부모 자식처럼, 서울이 낯설었기 때문이다. 밤이면 해변으로 돌아가는 꿈을 꾸었고, 눈을 뜨면 지금 당장 달려갈 수 있는 바다가 없다는 사실에 우울해했다. 무뚝뚝한 천장을 바라보며, 아마도 내게 시간이 필요하겠지, 생각했다.

그러던 나에게 J가 책을 만들 것을 제안했다. 그간 인스타그램 혹은 일기장에 적어둔 내 이야기를 책으로 엮어서 내보면 어떨까라는 것이 J의 의견이었다. '내가? 책을?' 언젠가는 꼭 한 번 해보고 싶은 일이었지만, 막상 내가 할 수 있을까 하는 두려움이 앞섰다. 그러나 한편으로는 이런 생각이 들었다. '지금이 아니면, 언제?'

그것은 분명 나를 위한 일이었다. 인생 가장 행복했던 날들을 기록으로 남겨둔다는 것은 꽤나 근사한 일이었고, 그것을 나누는 기쁨과 동시에, 일종의 위로와 치료가 되었다. 서툰 내 책을 재미있게 보았다는 피드백을 받을 때마다 입이 귀에 걸려 어쩔 줄 몰랐다. 아마도 나에게 가장 뜨겁고도 황홀한 여름이었으리라.

통장 잔고가 바닥이 보일 때 즈음, 선배들의 소개로 프리랜서 일을 하나둘 시작했다. 물론 회사를 다닐 때 수입에는 훨씬 못 미치지만, 글을 쓰고 카피를 쓰며 어찌저찌 입에 풀칠은 할 수 있게 되었다. 역시 사람이 굶어 죽으란 법은 없나보다. 종남 씨는 여전히 이런 나를 걱정한다. 도대체 회사는 언제 돌아갈 것이고, 도대체 결혼은 무슨 수로 할 것이며, 도대체 네 인생은 어찌 돌아가는 것이냐고. 하루에도 수십 번 쏟아지는 잔소리에 우산을 펼쳐든다.

"엄마, 제발, 내가 알아서 잘 살게."

'일화'는 잠깐의 에피소드. 그 잠깐이 지나면, 인물은 다시 전과 같이 그냥저냥 산대. 근데 '사건'은 그게 안 된다네. 사건을 만나면, 인물은 그 일이 일어나기 전과같이 살 수 없대. 환경이나 욕망, 성격이 확 변하게 되니까.

- 까마중, 〈찬란하지 않아도 괜찮아〉

웹툰 〈찬란하지 않아도 괜찮아〉의 주인공 찬란이는 평범한(?) 대학생이다. 그녀는 고되고 벅찬 생활을 이어가던 중 우연히 연극부에 들어가, 마지막 연극에서 주인공을 맡게 된다. 자전적인 인물을 연기하며 스스로를 돌아보고 치유해나가던 찬란이는 연극을 올리기 전 문득, 자신이 원래의 삶으로 돌아갈 수 없을 거라 직감한다. 연극을 통해 만난 자신의 모습은 아마도 전과 무척 달랐으리라. 물론 그녀는 그 모습을 사랑해 마지않았으리라.

그리고 여기, 그런 경험을 한 또 한 사람이 있다. 바로 독일 퀴즈쇼에서 우승을 한 상금으로 일 년간 열두 개의 도시를 여행한 경험을 책으로 펴낸 독일의 칼럼니스트 마이케 빈네무트다. 세계를 떠돌아다닌 지 6개월 차, 샌프란시스코에서 그녀는 이런 생각을 한다. 옛날로 다시 돌아가는 건 확실히 불가능해졌다고. 여행이 자신을 바꿔놓았다고. 삶을 근본적으로 바꿔놓지는 않았지만, 어느 정도 정리 정돈을 했다고. 이 과정이 마치 이사와 비슷하다고.

> 이삿짐을 쌀 때 물건을 하나하나 집어 가져갈지 버릴지 결정을 하잖아요? 대개는 절반을 버리고 절반만 이삿짐 상자에 넣죠. 그래서 저도 생각해보는 거예요. 나는 무엇을 유지하고 무엇을 바꾸고 싶은가? 독일이 아닌 다른 나라에서 살 수 있을까?
>
> – 마이케 빈네무트, 『나는 떠났다 그리고 자유를 배웠다』

사람은 쉽게 바뀌지 않는다. 더군다나 30년 가까이 살아온 인생이 단 일 년간의 여행으로 바뀔 수 있을 거라고는 생각하지 않았다. 그러나 어떤 여행은, 나의 많은 부분을 바꾸기도 한다. 그런 의미에서 나의 서핑홀리데이는 '에피소드'가 아닌 내 삶에 직접적으로 영향을 준 하나의 '사건'이었다.

앞으로 어떻게 살 것이냐 물으면, 솔직히 잘 모르겠다. 이런 삶을 언제까지 지속할 수 있을지 모른다. 하지만, 한 살이라도 젊을 때, 가능한 한 내가 살고 싶은 삶을 지속 가능하게 할 방법들을 찾아보고 싶다.

일 년간의 호주가 내게 준 다음의 다짐들과 함께.

같은 삶을 살게 되더라도 전과 다른 나만의 방식을 찾을 것.

내가 행복한지 그렇지 않은지 솔직하게 바라볼 것.

떠나는 것을, 결코, 두려워하지 않을 것.

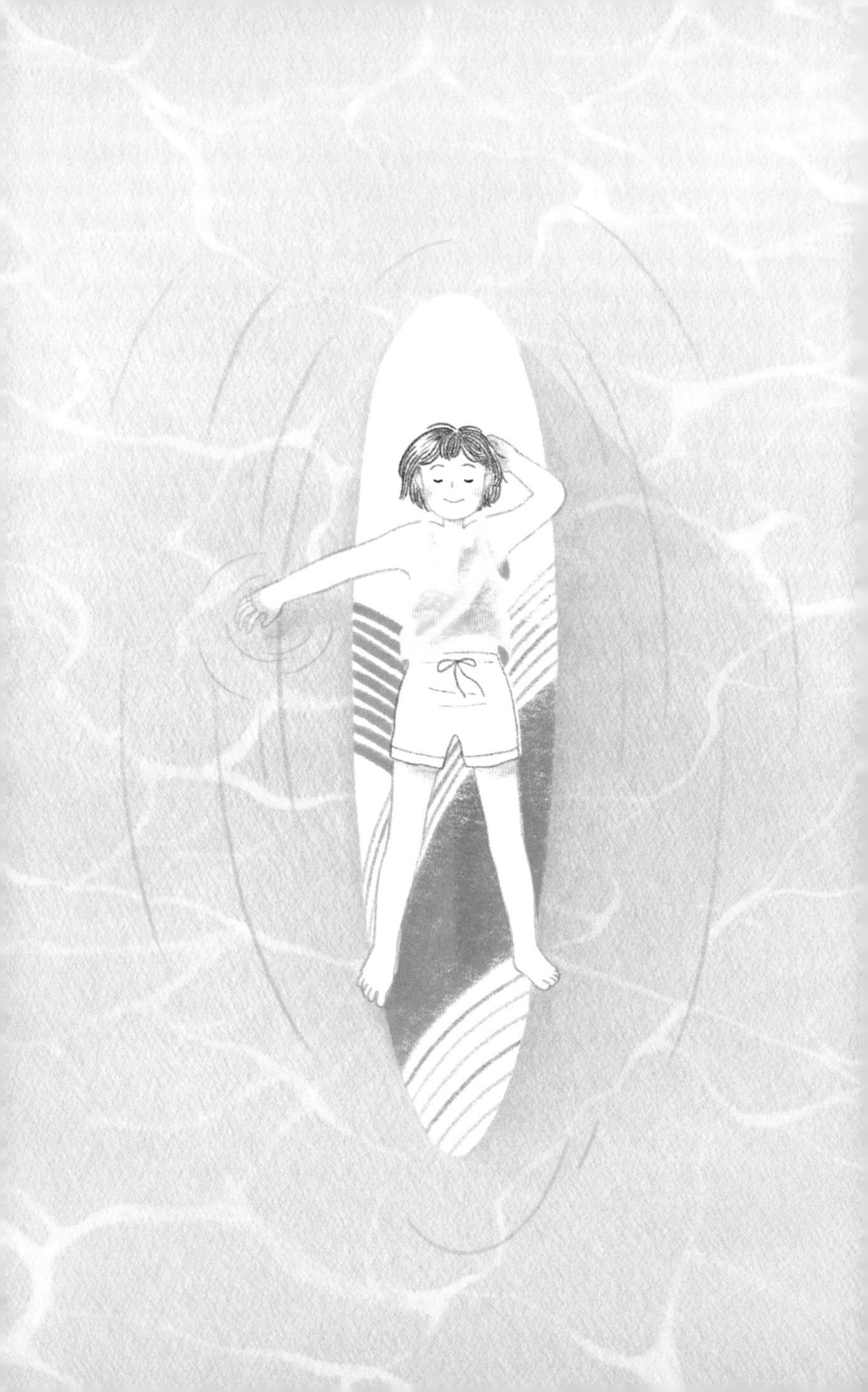

바다로
퇴근하겠습니다,
그 후

다른 파도를 향해

지금 '여기'에서 행복할 것

대신,

내가 더 행복하기 쉬운 곳을

'여기'로 만들 것.

나만의 작은 고향을 만들 것.

서핑홀리데이 시즌 투

또다시 탈조선을 꿈꾸다

"현재 서버 접속이 원활하지 않아…."

한 시간 반째였다. 탈조선을 갈망하는 젊은이들이 이렇게까지 많은 줄 미처 몰랐다. 5월 16일 오전 일곱 시로 공지된 뉴질랜드 워킹홀리데이 신청은, 여덟 시 반까지 웹사이트 접속조차 할 수 없는 상황이었다. 아홉 시가 다 되어서야 사이트에 접속할 수 있었고, 선착순 3,000명만 들어갈 수 있는 전 국민 수강신청에 나는 가까스로 성공했다.

이게 끝이 아니다. 워킹홀리데이 비자를 무사히 발급받기 위해서는 '외국에서 얼마든지 노동활동이 가능한 신체 건강한 젊은이'라는 것을 해당 국가 이민성에 증명해야 한다. 워킹홀리데이 비자용 신체검사를 진행하는 병원은 서울에 열 곳도 채 되지 않는다. 6월 말일까지는 이민성에 자료를 전송해야 하는데, 예약을 하려고 알아보니 6월 말까지 모든 병원의 예약이 꽉 차 있었다. 아니, 이렇게까지 많다는 말이야?

> 이제 내가 호주로 가는 건 한국이 싫어서가 아니라 내가 행복해지기 위해서야. 아직 행복해지는 방법은 잘 모르겠지만, 호주에서라면 더 쉬울 거라는 직감이 들었어.
>
> – 장강명, 『한국이 싫어서』

이 정도로 인용했으면 다들 눈치챘겠지만, 나는 장강명 작가님을 좋아한다. 그중에서도 『한국이 싫어서』는 호주로 떠나기 직전 재미있게 읽은 작품이다. 원고를 쓰는 과정에서 참고할 겸 이 책을 다시 읽는데, 호주를 다녀온 뒤에 보니 그 느낌이 전과는 확실히 달랐다. 주인공 계나는 호주 이민을 꿈꾸며 호주에서 4년간 지내다, 시민권 취득 직전 남자친구 지명의 전화를 받고 한국으로 돌아온다. 한국에서 지명과 살던 계나는 다시 호주행을 결심한다. 행복해지는 방법은 잘 모르겠지만, 호주에서라면 더 쉬울 거라는 직감이 들어서.

전에는 그냥 읽고 넘겼던 이 부분에서, 나는 울음을 터뜨렸다. 물론 이건 소설이고, 나는 계나가 아니다. 하지만 지명과의 두 번째 이별을 하는 계나의 모습이, J를 두고 또다시 떠나는 내 모습과 겹쳐졌다. '그곳에서라면 더 쉽게 행복해질 수 있을 것 같아서'라는 생각은 나의 것과 정확히 일치했다.

태어난 나라는 우리가 정할 수 없다. 나는 한국에 태어나고 싶어 태어난 것이 아니다. 물론 그렇다고 해서 한국이 전부 싫은 것은 아니다. 이곳에서 열심히 살아가고 있는 내 가족과 친구들이, 뭘 해도 맛있는 게 아니라 뭘 안 해도 맛있는 엄마의 밥이 나는 좋다. 아마도 노력하면, 어쩌면 한국에서도 더 행복할 방법을 찾을 수도 있을 것이다. 그러나 지금 나는 분명히 말할 수 있다. 나는 호주에서 훨씬 행복했다고. 태어난 나라는 우연이지만, 나와 더 맞는, 내가 더 행복할 수 있는, 살아가고 싶은 나라는 내 자유와 의지로 선택할 수 있다.

이곳이 아닌 '어딘가'는 어디에도 없다.

– 일본 광고 카피

얼마 전, 『모든 요일의 여행』을 쓰신 김민철 작가님의 강의를 들을 기회가 있었다. 김민철 작가님은 당신이 다녀온 여행 이야기를 들려주며 동시에 '여기에서 행복할 것'을 강조하셨다. 우리는 늘 여행을 떠나면 행복하다고 느낀다. 그러나 우리의 일상 속에서, 출근길 담장 사이로 예쁘게 핀 꽃들 속에서, 손을 마주잡고 선생님을 따라 쪼르르 걷는 아이들 속에서, 맑고 푸른 하늘을 바라보며, 사실 우리는 언제든 행복을 발견할 수 있다. 동감하는 부분이었다.

며칠 후, 집 뒤에 있는 공원을 산책했다. 그 작은 공원을 걷는 것은 나의 하루의 시작이자, 서울 안에서 마음껏 숨을 쉬며 행복감을 느낄 수 있는 일종의 의식이다. 한창 짙어가는 가을 속에서 파란 하늘 위에 빨강, 주황, 노랑, 초록 색들로 팔레트를 이룬 단풍들을 바라보며, 나는 잠시 행복했다. 듣고 있던 음악을 정지하고 이어폰을 귀에서 뗐다. 이윽고, 멀리서 내 귓가에 가래침 뱉는 소리가 때려 박혔다. "캬아아악, 퉤!"

5월 29일 일요일, 처음으로 고향을 그리워한 날. 정확히 말하면 처음으로 '어느 고향'을 그리워한 날이지. 독일이 아니어도 상관없어. 어딘가에 정착하고 속하고 머물고 싶어. 모래에 앉아 바다를 보았어. 바다는 늘 내게 도움을 주니까. (…) 계속해서 샌프란시스코로 가. 그곳에서도 작은 고향을 발견할 거야. 어딜 가든 고향을 발견할 거야.

– 마이케 빈네무트, 『나는 떠났다 그리고 자유를 배웠다』

지금, 여기에서 행복할 것. 맞는 말이다. 나는 다만, 그 '여기'를 내가 조금 더 행복하기 쉬운 곳으로 설정하고 싶다. 어딘가에서 더욱 행복할 수 있다면, 그곳을 언제든 '여기'로 만들자고. 나만의 작은 고향으로 만들자고. 선택은 나의 몫이라고.

또 다른 파도

내 운명을 사랑하기

“세상에 1부터 100까지 전부 좋은 일은 없어.”

급커브를 돌고 도는 와중에 쏟아지던 비는 내게 이렇게 말하는 것 같았다. 처음엔 길을 잘못 찾은 줄 알았다. 다시 돌아와도 이곳이었을 때는 에어비앤비 사기라도 당한 줄 알았다. 전화도 안 터지는 첩첩산중에, 기름도 두 칸밖에 남지 않았는데, 시간은 저녁 여섯 시를 향해 가고 있었다. 몇 번의 시도 끝에 겨우 연결이 된 호스트에게 도대체 너네 집 어디냐고 캐물어 찾은 곳은 한참 더 깊숙한 산골짜기였다. 웰 컴 투 아오테아로아Aotearoa!

아오테아로아란, 뉴질랜드의 마오리어 이름으로, ‘길고 하얀 구름’이라는 뜻이다. 이곳에 일주일만 있어보면 그 이유를 알 수 있다. '따뜻한 남쪽 나라'•라는 이미지와는 상반되게, 이곳은 대체로 구름이 껴 있고 바람이 거칠고 수시로 비가 쏟아진다. 실제 뉴질랜드에 이민 온 사람들이 가장 놀라는 것 중 하나는 바로 생각과 다른 '날씨'란다. 기온 또한 그다지 높지 않다(대신 연교차가 작다). 뉴질랜드에 도착해서 처음으로 갔던 비치에 발을 담그자, 뇌까지 얼어붙을 것 같은 남극의 바다가 나를 반겼다.

> 동해에 그럭저럭 만족하고 지중해를 지워버리는 사람이 되기는 싫어.
>
> – 미깡, 〈하면 좋습니까〉

다음 웹툰 〈하면 좋습니까〉는 결혼을 둘러싼 다양한 사람들의 생각과 삶을 보여준다. 주인공의 세 친구들 중 한 명은 결혼을 했고, 한 명은 이혼을 했으며, 한 명은 폴리아모리스트(다자간연애를 하는 사람)다. 위 문장은 결혼에 대해 고민하는 주인공에게 여러 애인들과 함께 삶을 즐기고 있는 폴리아모리스트 친구가 한 말이다.

• 네이버 대표 뉴질랜드 이민자 모임 카페. 이름만 봐도 해가 쨍하고 따뜻할 것만 같다.

나는 이 말에 깊이 공감했다. 다음 장면에서 그녀는 함께 와인을 마시자며 애인 중 한 명에게 전화를 걸지만, 그가 또 다른 애인과 있음을 확인한다. 마냥 자유롭고 좋을 것만 같았던 그녀의 외로운 이면을 통해, 작가는 모든 선택에는 명암이 있다는 것을 보여준다. 동해에 그럭저럭 만족하고 태평양을 지워버리기 싫어서 다시 비행기에 오른 내 삶에도 밝은 면만 있는 건 아닐 테다.

순도 100퍼센트 완벽한 선택이란 없다. 남들에겐 마냥 좋아 보일 수 있는 내 삶에도 분명 단점은 있다. 일단, 회사에서 정규직으로 일할 때에 비해 절반이 채 안 되는 돈을 벌며 살아가고 있다. 뉴질랜드에 온 것이 내 삶을 드라마틱하게 바꾸어줄 것이라고 믿지도 않는다. 서핑의 성지라는 이곳의 파도는 대체로 빠르고, 강하고, 거칠다. 일주일에 한 대 오는 버스 덕분에 나는 운전부터 배우(지 않으면 아무것도 할 수 없)게 되었다.

다만 내가 확신할 수 있는 것은, 이곳에서 나는 또다시 새로운 것들을 배우고 시도할 것이며, 내게 맞는 서핑 포인트를 찾아 미친 듯이 서핑을 하고 있을 것이라는 사실이다. 이것 또한 내 선택이고, 내가 할 수 있는 일은 그저 내가 한 선택을 조금 더 나답게 만드는 것이다. '옳은 선택은 없다, 다만 선택을 옳게 만드는 방법만 있을 뿐'이라는 말처럼 말이다.

> 물과 물이 만나는 경계에 서서 마치 영원히 반복될 것 같은 파도의 움직임을 지켜보는 동안(그러나 실은 영원하지 않다 - 지구도 태양계도 언젠가 사라지니까), 우리 삶이 찰나에 불과하다는 사실이 또렷하게 만져진다.
>
> \- 한강, 『흰』 가운데 「파도」

"잡는 것보다 놓치는 게 더 많은데도, 물 먹어가면서, 수도 없이 떠밀려나면서, 다시 뛰어드는 네 모습이, 마치 우리 삶을 보는 것 같더라."

파도를 잡(으려고 발버둥치며 외로운 싸움을 고전하)던 나를 한참 바라본 C가 말했다. 뉴질랜드로 이민을 갔던 난년, 내 연극의 주인공 C. C는 성공할지 실패할지 계산해보지 않고, 무엇이 이득인지 재고 따져보지 않고 뛰어드는 내 모습에서, 행복을 찾아 이곳으로 떠나온 우리의 모습을 봤단다.

좋아하는 일을 한다는 것은, 혹은 좋아하는 방식대로 살아간다는 것은, 아마도 이런 것이 아닐까. 우리는 한 치 앞도 예측할 수 없다. 바다로 뛰어드는 순간, 어떤 파도를 만나게 될지 알 수 없는 것처럼. 무엇을 얻을지도, 어쩌면 더 많이 잃을지도 모른다. 춥고, 거친, 무수히 평범한 나날들이 계속될 것이다. 외로움이라는 동반자를 얻을 것이다. 하지만 그 안에서 정말로 내가 원하는 것이 무엇인지를 깨닫고, 원하는 삶을 만들어가고 있다는 생각이 들 때, 찰나에 불과한 우리의 삶이 반짝이고 있다는 확신이 들 때,

우리의 삶은 살아 있다.

백 번을 놓치고도 한 번 잡은 파도에 입이 찢어지게 웃는 것처럼.

바다로 퇴근하겠습니다

초판 1쇄 인쇄 2019년 5월 8일
초판 1쇄 발행 2019년 5월 14일

지은이 | Mia 이미진

발행인 | 박재호
편집 | 고아라, 홍다휘, 강혜진, 이은정
마케팅 | 김용범
총무 | 김명숙
종이 | 세종페이퍼
인쇄·제본 | 한영문화사

발행처 | 생각정원 Thinking Garden
출판신고 | 제25100-2011-320호(2011년 12월 16일)
주소 | 서울시 마포구 양화로 156(동교동) LG팰리스 814호
전화 | 02-334-7932 **팩스** | 02-334-7933
전자우편 | 3347932@gmail.com

ISBN 979-11-88388-82-0 (03810)

이 도서의 국립중앙도서관 출판예정도서목록(CIP)은 서지정보유통지원시스템 홈페이지(http://seoji.nl.go.kr)와 국가자료공동목록시스템(http://www.nl.go.kr/kolisnet)에서 이용하실 수 있습니다.(CIP제어번호:CIP2019017006)

만든 사람들

편집 | 이은정, 고아라
디자인 | 어나더페이퍼
일러스트 | 차상미